人生の疲れについて

綾子
Ayako Sono

まえがき

私は昔から、景気のいい話ができない性格だった。親に「自信はあるの？」と訊かれると、「ない」と答え、「学期試験の準備終わったの？」と言われると、「明日の朝やる」という調子だった。そして事実、私の夜の頭はおからみたいにカサカサで、当日の朝の「つけやきば」勉強が一番効果的だった。

世の中には「疲れを知らない」という言葉が最も当てはまる生き方のできる人がいる。しかし私は、ハイティーンの頃からいつも疲れていた。精神的に、ではない現実に疲れていることに苦しんでいた。この疲れは、その後遠足でやや長い距離を歩いた時とは全く違う疲れだった。疲れの原因となるような長い運動や労働をしないのに、日暮れの前に疲れている、という感じであった。

それは私にとって確かに不便なことではあったが、どんな状況になっても人間は馴《な》れるほかはないものである。私は勤勉であることをやめ、目的が達成できなくても反省などすることをせず、中途半端でも満足し、この年になるまで生き抜いた。

まえがき

私の知人に、達眼の士がおり「秀才や努力家は早々に死んじまいますな」と言った人がいるが、その原則は完全に当てはまらなくても、大きな円周を描いて、多くの人生を中に包み込むものである。もちろん秀才の多数は厳しい競争を勝ち抜いてリーダーになり、社会を牽引して行く。凡才は自分の弱みもまたいち早く発見し、何より才能の限度を知って無理をしない人なのである。

疲れを知らない例外的人物は別として、普通は疲れを知らないと、危険な限度まで自分を追い詰める。その点、やや怠け者で、物事を早めに諦めて引き返す点を見極める人の方が、穏やかな人生を無理なく生きて、結果的には私たちに思想も施してくれる。

私がいつも確かめたいのは、凡庸な人生の折り返し点だ。それより先に進んだら、崖から落ちるというラインの手前で、私たちはくるりと踵《きびす》を返さねばならない。それを囁いてくれるのが、私の場合「さまざまな疲れ」だった。

曽野綾子

人生の疲れについて
——
もくじ

2 「手抜き、ずる、怠け」の効用

3 「いい加減」にやっていい

4 自分にも他人にも寛大でいい

5 やたらに欲しがらない

6 人が落ち込む理由

7 生き方は比べられない

8 諦《あきら》めれば人生は気楽

9 幸福と不幸の差

1

誰の人生も欠け茶碗

誰の人生も「欠け茶碗」

私は実は誰の人生も欠け茶碗だと思っている。健康、能力、性格など、問題を持たない人はいないのだ。

昔から欠け茶碗の一個や二個は、必ず庶民の台所にあるものだった。よく見ると、大きな罅《ひび》が入っていたりするが、長年使っているので、ご飯の糊で補強されているのか、辛うじて割れないでいる茶碗である。とにかく長年見馴れた懐かしい品だし、今日まで保って来たのだから、今すぐに捨てなくてもいいだろう。ただ欠け茶碗は決して荒々しく扱えない。ていねいに扱えば、何とか命長らえることもある代物である。

人も品物も同じだ。使い方を知れば、最後まで生きる。ささやかながら任務も果たす。この手の配慮ができる能力を、人間の「うまみ」と言うのである。うまみのある柔らかな人間になることが私の終《つい》の目的なのだが、それこそ至難の業でもある。

——「人生の原則」

現物を見ると買わずにはいられない性分

あるとき私は東北を旅していて、かなり大きい躑躅《つつじ》を途中の植木市で買った。夫と二人だけのドライブだから、後ろ座席が完全に空いている。そこにやっと収まるくらいの大きさであった。植物のことなどまったく興味のない夫にすれば、迷惑な話だったのだろうが、たかが躑躅で夫婦喧嘩をするのも嫌だったのだろう、私が言うがままに買って、それを後部座席に積んでくれた。ところが、東京へ帰ってきてから調べてみると、それは九州の躑躅だったのである。何も原産九州の躑躅を東北で買うことはないのに。私は現物を見ると、その場で買わずにはいられない性分になっていた。女の人が、気に入った着物を見ると借金しても買うのとよく似た心境である。

——「人は皆、土に還る」

船のデッキで一人、過去を語り続ける老人

ほんとうに船旅は、人生そのものを乗せて走るものだ。

或る日私はデッキで本を読んでいた。しばらくすると後ろに人声がした。低い男の声である。誰か別のグループが後ろの椅子とテーブルに座って話を始めたのかと思って、無理に振り向かずにいたのだが、話にしては、その声は単調だった。

「それは一九××年のことでしたよ」

私は決心して振り返った。ほんの数メートル離れたテーブルに、たった一人でジャケットを着た老人がいたが、テーブルに相手はいなかった。老人は一人で過去を語り続けていたのである。


——「私の漂流記」

貧乏くじを引いたように見える人

よく世間には、子供の時からいつも一家の中で貧乏くじをひいているように見える人が出るものなのだ。幼い時に実母が死んで継母が来る。継母は自分の生んだ子供、つまり弟妹たちばかりをかわいがり、継子である自分はお菓子一つ、弟妹たちとは同じにくれない。それなのに継母が年をとると、実子たちは皆母親の世話をするのを嫌がり、結局いじめられた継子である自分が面倒をみることになってしまった、などというケースはよくあるものだ。

ほんとうに割に合わない話だと思う。しかし私のように長い年月世の中を見て来ると、人間はどちらかと言うと、この手の貧乏くじを引いている方が穏やかな暮らしができている場合が多いことがわかってくる。というか、もらう立場ばかり狙っている人は、ほとんど誰とも「人間としてかかわった」ことがなくて済んでしまうので、一生ぎすぎすした性格ばかり助長され、誰から見ても羨《うらや》ましい人生を送っているとは言えないように見える。

――「人生の原則」

誰の人生でも、運はゼロではない

人生は本当に面白いもので、何でも自由ならいいかというとそうではありません。その時はわからないことばかりで、後になって振り返れば何にでも意味がありました。どれだけ計算したところで、世の中思い通りにうまくいくものではないし、逆に、大して計算しなくても棚ボタはありますから、その時は素直に喜べばいい。幸福の絶頂でも、絶望のどん底でも、運はゼロではない、それが人生というものです。

――「人間の基本」

何ひとつ特徴のない人などいない

何一つ特徴のない人というのはいない。その人に一つ、人と違った特徴があれば、その点を利用して伸ばせばいいのである。しかし当人に、協力の意志がないとだめだ。

世間は東大に入るような秀才がいいと言っているが、個性の強い人ばかりの私の友人の中に、東大出など一人もいないことに気がついた。世間的秀才は、しばしば退屈な人物なのである。東大を出ると、サラリーマンとしては最高給取りになれる。しかし性格的魅力はない場合が多い、と私は偏見を持っている。しかし世間にはやはり東大出が要ることは確実だ。

どんなできそこないの野菜にも独特の味がある。その味を引き出せば立派に存在の意味がある。そのくずのような端っこでもスープに加えれば、オーケストラの楽器のように、独特の味を出す。

――「人生の醍醐味」

囚人服を着た初老のリピーター

刑務所を訪れると、囚人服を着た初老の人たちの一群が何をするでもなく、陽だまりの中に座って会話しているような光景に出会います。それが何か楽しいことでもあるかのように、私たちが出入りするのを、眺めているのです。彼らの多くは、出所しても行き場がないから、適当に悪さをしてすぐに戻ってくるリピーターで、老後を刑務所で送ると決めているといいます。三食付の老人クラブみたいな刑務所に多額の税金を投入するぐらいなら、尖閣諸島に移して住んでもらいたいですね。一人当りの米と干物を置いてくれれば、少しは国の役に立つかもしれないのにね。私だったらそうしますよ。

——「人間の基本」

追い求めたら逃げる、という皮肉

今日私の心に残った「優しさを求める」という言葉は今朝方読んだ何かの印刷物の中か、テレビの画面に出ていた人が話していた言葉だったのだろうが、もう出所を確かめることは不可能だ。「老人は世間に優しさを求めている」というような使い方をしていた。

しかし考えてみると、優しさもまた、要求したら得られないものの典型である。「あの人に愛してほしい」という求愛の感情といっしょで、「私を愛してください」と要求したら、まず相手はうんざりして逃げ出す。

世の中には、追い求めたら逃げていき、求めない時だけ与えられるという皮肉なものが、意外と多い。優しさもまた同じだ。

優しくしてほしかったら、自分が優しくする他はない。あるいは、周囲の状況や他人の優しさに敏感に気づき、感謝のできる人間になる他はない。

――「人生の醍醐味」

暗い未来を予想できるのも、それなりの特異な才能

私の眼は幼い時から「札付き」だった。生まれつきの強度の近視の眼に、中年にはさまざまな故障が出た。その頃かかった一人の眼科医は「あなたの眼は蝋燭《ろうそく》と同じだから、その使い方を自分でお決めなさい。今すぐどんどん使うのも一つのやり方ですが、長持ちさせるために細々と使うのも、一つの選択です」と言った。実はその前から私は、視力を完全に失う時を覚悟していて、失明後だれかに再び読んでもらう時、もう一度読みたかった場所を簡単に見つけ出せるように赤線を引く習慣をつけ出したのである。

最近よく感じることだが、不運や不幸を予測できるということは人間にとって一つの才能である。楽天的で明るく生きられるのも、確かに才能だが、暗い未来を予想できるのも、それなりの特異な才能なのである。

——「人生の醍醐味」

知人に毎日、せっせと葉書を書いて送る人

老齢になれば、自分の面倒をみるだけでやっとという状態になるのは私にもよくわかるが、先日も老齢の典型のような投書を読んだ。その人はぼけ防止に、音読とか塗り絵ではなく字を書くのがいいので、毎日知人にせっせと葉書を書いて送っているという。

老後は寂しいのだから、どんな便りでもほしい人はいるかもしれない。しかし自分の趣味のために何日かおきに葉書を送られたら、返事を書かねばならないとか、つまらない老いの繰り言を読まされるのは迷惑だとか思う人もいるかもしれない。それを推測できないのが老化の表れなのだ。

鬱《うつ》も老化も、労《いたわ》られ守られ解決策を授けてもらうこと、つまり「受けること」は期待しているが、自分が庇護《ひご》し守ってやるという大人の立場からの「与えること」は全く眼中にないのである。

――「自分の財産」

「人の子供を、押さないでくださいね！」

私の知人で団塊の世代の女性は、六十代半ばでまだ立派に外でアルバイトをして働いているが、ある日私の家にやってきて、怒りが収まらないのを隠さなかった。

電車の中で、ながながと携帯電話を見入っている女性がいた。内容が大切だったと見えて、駅に着いた時、まだ携帯を見ながら、自分だけ立ち上がって、学齢に達していない子供を忘れて降りそうになった。

その光景を見ていた私の知人ともう一人の女性客は慌てた。忘れて置いて降りてしまったら、とにかく後で「届ける」のも大変だ。

子供もお母さんを追って、入り口付近まで来たが、扉は閉まりそうになる。戸口近くに立っていた私の知人ともう一人の女性客が、子供を支えながら、軽く入り口の方に押し出した。扉が閉まる前にとにかく外へ出そうとしたのだ。

するとい降りかけていた携帯おばさんが激しい口調で言った。

「人の子供を、押さないでくださいね！」

自分の身勝手さを棚に上げて、なんという言いざまだろう、というのが、知人の言い分だ。彼女はその日一日、怒りが収まらなかったらしいが、そういう興奮が団塊の世代の健康にいいのか悪いのか私にはわからない。血圧を日に一度くらいはあげるのも、血管の伸縮性を保つのに役立つかもしれない。

携帯を掛けながら歩くのはいけない、というルールを徹底させて、もう少し厳しく取り締まってもいいと思う。われわれ年寄りは、携帯に気をとられて周囲の気配に無頓着に、「そこのけそこのけ」のように勢いよく歩く人に、倒されそうに感じて、身の危険を覚えることがよくある。

電話を掛けたくなる心情はよくわかる。そういう時には、車と同じで、人の流れの邪魔にならない道端に立ち止まって掛ければいい。それなら自由にいつでも、交通を妨げることなく、長話もできる。

――「人は怖くて嘘をつく」

誰も計算できない「人生の持ち時間」

人間はいつまで生きるかということの保障はまったくなされていない。つまり「人生の持ち時間」を私たちは誰も計算することはできないのである。これはまことにおもしろい人生の落とし穴であり、人間を思い上がらせないようにするための、神の差し金ではないかと思うことさえある。

――「納得して死ぬという人間の務めについて」

意識して犯した罪と、意識せずに犯した咎《とが》

私たちは子供の時から、意識して犯した罪と、意識せずに犯した咎とがある、ということを教えられた。「後者なら責任を逃れることができる」というわけではないが、意識して犯した罪と、罪過《ざいか》とは違うという厳密さを教えられたことは、今でも人生を深く眺めるために有効な見方だったように思う。

――「イエスの実像に迫る」

口を出すのは、決まって何もしていない「外の人」

もちろん夫は生活に不満がないわけではないだろう。私が時々夫を怒るからだ。秘書を呼びつけて紙屑籠《かみくずかご》の中身を捨ててくれ、というようなことを言ったりすると、私は厳密にそれを制止した。もちろん優しい秘書は、そんなことくらいいつでもやってくれる。しかし一応の職種上のけじめは守らねばならない。その手の汚い仕事は私がやれるのだ。誰でも近くにいる人を野放図《のほうず》に使えばいいということはない。

だから夫は、「オレはよく女房に怒られる」と思っているだろう。「女房がもっと優しくて、怒鳴らない女だといいなぁ」と感じているだろう。私にすれば、別にことさら怒鳴っているわけではないのだが、夫の耳が遠いから、自然と大声になる。それで私の体力は、最近ひどく消耗するのだ。しかし私はそういう病人や高齢者のやり方にも、心情的に引きずられないことにした。

健康人でも病人でも、壮年でも老年でも、人生に、思い通りにならないことくらいあって当然なのだ。その手の不如意《ふにょい》には誰もが耐えなければならないのが現世というものなのだ。

夫は私がオッカナイ女房だから、その難を避ける手をちゃんと考え出した。私に怒られると、全く心も込めず、ただ反射的に「ハイッ、ハイッ」と言う。見え透いたいい子の返事だ。しかし叱られた内容は全く気にも留めていない。

こういうことを読むと、誰か一人くらいは、私に「もっと優しくしなさい」というような悔悟《かいご》を促す投書を賜《たま》わる方もあるかもしれない。しかしそういう手紙の書き手は、多分、自分が責任を持って、誰かの介護などしていない人だろう。口を出すのは、決まって何もしていない、「外の人」なのだと最近の世間は知っている。私は一人っ子なので体験はないのだが、老父母を引き取って見ている人の体験によると、たまに見舞いにやって来て親の扱いにあれこれ文句を言うのは、決まって親の世話を引き受けていない姉妹兄弟の誰かなのだという。

――「夫の後始末」

家族が「欠ける」という欠落感

しかし或る人がそこにいない、ということは、その人がこの世にいないと認識することとは全く別であった。

よく配偶者がいなくなった後、時々、その人はたまたま家にいないだけで今にも玄関のドアを開けて帰って来るように思う、と言う人がいるが、私はそんなことを思ったことはなかった。

目に見えるところに、その人がいるかいないかではない。完全な存在感の欠落である。私は、その欠落感になかなか馴れなかった。


——「人間にとって病いとは何か」

不要な枝を切り落とす理由

木の枝を切ることは残酷だという人がいる。「でも人間だって床屋は行くじゃないの」と私は反論する。爪だって切らなければならない。植物を育てるのは葉で、葉をやたらに切ってしまうことは厳に慎まねばならないという原則はあるが、一方で不要な枝は切り落として花や果実に栄養が行くようにするという配慮も要《い》る。また、違った種類の植物が植えられている場合に、私の感覚では異種の植物の葉が自分に触れるのを嫌っている木が多いような気がしてならない。ほんの少し、枝が混みあわないように切ればいいだけのことなのだ。人間だって、列車の座席の隣が空くと、ちょっと気楽に感じることもあるのだし、会社の机で真向かいの相手がいなくなればなんとなくほっとするであろう。

――「人は皆、土に還る」

低い血圧を上げるため、とにかく歩いた

私は低血圧なのだ。普通、低血圧は朝に弱いという。しかし、その通説も私の場合は当てはまらなかった。

初めは、低血圧そのものを治そうとした。朝風呂に入ったり、朝鮮人参を飲んでみたりもしたのだが、血圧は上がらなかった。朝酒とは言わないが、お酒も飲んでみた。「朝寝朝酒、朝湯が大好きで」という小原庄助《おはらしょうすけ》さんは、多分私と同じに社会生活にも支障が出るほどの低血圧だったのだろう、ということは、その時察しがついた。彼も必死だったのだ。しかしこういう「小細工」はどれも効かなかった。

お風呂もお酒も、一時は血圧を上げるが、すぐまたひどく下がる。その反動の方が辛いとさえ思えた。

昭和天皇のご不例《ふれい》の最期の頃、最高血圧が百を切り、それが新聞で報じられる度に国民はみな心配した。しかし宮内庁が発表した陛下の血圧の値はほとんど私と同じで、私は「陛下も大丈夫よ。私が生きてるんだから」などと言っていたものだ。

もっとも私の血圧の上限が百を切っていたような時、私はいつも眠くてたまらなかった。歩きながら眠りそうな気さえした。

私があまり「眠い眠い」と言い、居間の床の上でも眠りこけそうになると、夫は「せめて二階（寝室）で眠れよ」と言い、それでも私がちゃんと反応しないと、仕方なく銀座へ連れて行ってくれた。別に何をするのでもない。とにかく歩いて血圧を上げていなければ、睡魔に襲われるからである。

銀座に行っても、どの店が見たいのでもなく、どこで食事をしたいのでもない。そんな意欲は一切ない。眠らないように昼日中から唯《ただ》歩くのだが、田舎道を歩いても虚《むな》しくなるので、常識的に銀座に行こうとしたのである。

――「人間にとって病いとは何か」

「格差のない社会」など、どこにもない

格差はいけない、それは人道に反する、という。しかし格差のない社会などどこにあるだろう。生まれつき健康な人と病弱な人とは、どうしても運命的に分かれる。生来、明るい性格と暗い人とは必ずいる。しかし私の見るところ、病弱な人は昔は病気から学び、思索的な人間になった。病気がその人を育てたのだ。暗い人は処世術で損をするように見えるが、しかし世の中には表に出ない方がいい仕事をすることもある。作家もその一つだ。

しかし今は願わしくない生活の中からも学ぶという姿勢を学校も親も教えない。

――「人生の原則」

一番率直な寄付の理由

知人から聞いた一番率直な寄付の理由には、「子供にやりたくない」というケースがかなりあるということであった。法定相続人というのがあるのだろうから、その人が生前、「全額をどこかへ寄付します」という遺言状を書いていても、当然幾分かはやりたくない子供の手に渡ることになる。しかしそれ以上は嫌だという人である。「あんな子供の手に渡るなら、全部なくして死んだほうがいい」というのがその情熱になる。

それでもいいと私は思うのだが、できればそのような憎しみの理由でお金を出すのではなく、やはり人生の一つの計画として差し出すというのが、後味がいいように思えてならない。

——「納得して死ぬという人間の務めについて」

「お先にどうぞ」と言える精神

私がスカイツリーに上がらない理由は、子供の時からの母の教えによるものだ。母はかねがね、たくさんの人が行きたがる所とものを求めてはいけません、と私に教えた。決して得にならないどころか、人込みに圧されて踏みつけられて死ぬはめにもなる、という。むしろそれより人生に対しては「お先にどうぞ」と言える精神でいる方がいい、というのが、母の好みだったようだ。群の先頭に行く方が前方がよく見えそうなものだが、一番後から行く方が状況をよく理解できることも多いから、世の中はおもしろいのだ。

――「人生の原則」

優しい父を持つ娘の失敗

世間には優しいお父さんを持つ幸運な家庭がある。お父さんは家で荒い言葉など決して口にしない。いつも機嫌よく、妻子の毎日の幸福をすべてに優先している。そういう父親を、私は若い時に何人か知っていた。するとこうした父親の娘として育った女性は、皮肉なことだが、結婚に失敗することが多いのである。

娘が夫として選ぶ男に対する眼がなかったのではない。そうした家庭の娘たちの多くは、私から見ると賢い女性たちだ。しかし賢さにも人生の落とし穴はあるのである。つまり彼女たちはあまりにも抵抗なく育ったので、世の中の裏を知ろうなどという意識を持たず、すべての世間の男たちは父親のように穏やかな家庭生活を率いて行くものだと信じ切って、内実はもっと未熟で自分勝手な男を選んでしまうのである。

――「人生の原則」

2

「手抜き、ずる、怠け」の効用

「裏」があったほうが面白い

人間の考えでは及びもつかないこと、それは神か仏の仕業かわかりませんが、見方によってはずいぶんと運命というものは意地悪なんだな、と思うことがあります。良く思えることでも、そうは思えないことでも、その裏には本当にさまざまな物語の展開がある。それを自分なりに考えてみるのが想像する力というものです。「裏がある」と言うと悪く受け取られがちですが、裏があった方が絶対に面白い。セーターや上着など、質のいい上等のものは裏地があって手が通しやすいけれど、一枚ものはどうも突っかかって着心地がよくないように、何事にも誰にも裏というものがあり、その方がいいのです。

人として生きて行く以上、自分には裏表がある、という自覚が必要です。

――「人間の基本」

「鈍感さ」は美徳

私は普段、寝つきのいいほうである。六十五歳の今日まで、人並みにさまざまなことがあった。が、夜、眠れないことなど殆どなかった。人間には、私のように先天的に、神経の表皮が肥厚しているような鈍重なのがいるのだろうか。私たちはこの世に生きて、この世をいやというほど見たような思いにはなっているが、本当のところ、同一の対象に対して、お互いにどれほど感じているのかいないのか、わからないまま生きているところがおもしろい。

私は、自分の鈍感さを少しも恥じてはいない。鈍感さの故に、人間は生きていられるのであるし、又、死ぬ時も恐怖が少ないということもある。鈍感さは多くの場合、美徳と言ってもいいほどの資質である。

――「地を潤すもの」

「怠《なま》けたい」から頭が廻る

私は年齢相応に、体力がなくなってきている。ただ書くという私の仕事は、一番体力を使わなくて済むので、どうやら私は十年前と同じくらいの原稿は書いている。しかしすぐ疲れて動けなくなる。膠原病《こうげんびょう》の一種であるシェーグレン症候群もあるとわかっているが、これは人によって実に違う病状が出るものらしく、私の場合は怠け病としか見えない苦痛になる。ただひたすらだるいのである。

三メートル離れたところにあるゴミを捨てたり、汚れた食器を流しに戻すこともいやになる。寝る前に着替えをしたり、歯を磨いたりするのも辛い。それでも私は目下のところ、最低のことは家の中で立ち働く。知らない人が見たら、けっこう家事をこなしている老女に見えるだろう、と思う。

その結果おもしろい変化が出てきた。私はすぐ怠けたがる体を、できるだけ怠けさせるために、今までにないほど頭が廻るようになっていたのである。

ものごとの先だけでなく、先の先のさらに先のことも思いつき、行動がそれに備えるようになった。流しの近くに行ったなら、ついでに野菜の水切りもしておこう。二階に行くのなら、洗濯物の乾いたのと、ティッシュペーパーの予備の箱をついでに持って上がり、降りてくる時、気になっていた埃よけの汚れたテーブルクロスを外して階下の洗濯機に放り込んでおこう。そのついでに……と私の頭は初期のコンピューターくらいには働く。それも綿密に素早く働くようになった。

だからと言って、ぼけていないのではない。私はそのどちらも大ファンなのだが、エルビス・プレスリーとマイケル・ジャクソンの名前が始終出てこない。「電子辞書を引けばいいじゃない」という人もいるが、名前が出てこないのだから引きようがないのである。

――「人生の退き際」

「手抜き、ずる、怠け」のススメ

高齢者の中には、年々できないことが増えることを悲しんで、しかも退屈している人がいる。しかし時間の変化というものは、人に日々新しい問題をつきつけてくれる。それに対してその都度対処していけば、年を取ることに対して一方的な負け戦にならないで済む。なかなかおもしろいものだ。手抜き、ずる、怠け、などという性格は、昔から悪いものとされていた。しかし、手抜きだから続くこともあり、ずるいから追いつめられもせず、怠けの精神が強いからこそ、新しい機械やシステムの開発につながる。

――「人生の醍醐味」

「バカ」と言いたい人間心理の表裏

私は一人っ子だったこともあって、いつも大人の中で育った。大人の会話を聞き、大人の付き合いの端っこに座らされ、耳をそばだてて、大人たちが普通なら子供には聞かせない方がいいという手の話を盗み聞きながら育った。

そういう環境が私を悪くした面は一つもない。男女の関係、権力争い、お金に関する葛藤、商売の駆け引きなどを、ほんとうに幼い頃から（つまり幼稚園に上がる前から）十分に聞いて育った。子供には悪いと言われている本も、母に隠れて盗み読んだ。母は恐らく知っていただろうと思うが、別に止めなかった。悪がわかると、善が輝くのが理解できるのである。

つまり私は相手に向かってバカと言いたい人間の心理の表裏を十分に知りつつ育ったから、人はそう簡単には相手をバカと言えないことや、死ねと呟《つぶや》いたからといって相手を殺したり、相手の事故死を望んだりするわけはないことを見抜けるようになっていた。

——「人生の醍醐味」

どうしたら手抜きをしながらその目的を達せられるか

人間、一人で死ぬことは別に気の毒でもないし、死ねれば楽なのだが、社会にとっても個人にとっても問題なのは人間がなかなか死ねないことなのである。高齢な病人が、一人で暮らす時期が長く続くこともあるという覚悟が要る。

その時期、問題になるのは食べることではなく、排泄《はいせつ》をどう解決するかということに尽きる。食事は一種の「給餌《きゅうじ》」だから、時間を限って誰かが寝たきり老人の枕もとに運ぶ体制を作れば、さして困難なことではない。しかし排泄は「時間と所かまわず」の面がある。定時に見回れば、それで解決する問題ではないのである。

一人で死ぬるという人は、自分の行動が不自由になった時、汚物まみれで臭気を放ちながら生きていく覚悟ができているのだろうか。わが家の高齢者は、まだ一人でトイレに行けるからいいのだが、転んで手が不自由になっているから、食事の時よく服を汚す。しかし自分で洗濯物を洗う力はない。

私は病人のいる家庭の第一の目標を、清潔においている。衣服はボロでもいいが、体も衣類もたえず清潔で、家の中に臭気などしないことが大切だ。しかし一人で老い、病む場合、この状態を保つことはほとんど至難の業だ。

私は幸い性格がいい加減なせいか、どうしたら手抜きをしながらその目的を達せられるか、ということに情熱を燃やし、家中を整理して新しい生活態勢を作った。思い切り雑物を捨てた家の中には意外な空間ができ、行動の不自由な人が楽に歩けるようになった。一番広い居間兼食堂だった部屋を病室に変え、そこは人を通さない気楽な空間にした。寝具も洗えるものばかりにし、布団ごと気楽に洗っているから病人臭も残らない。しかも台所に近いから、家中の雑音や家族の声も聞こえる。なにより自分の家で、食べなれたものを食べ、好きな本を身近において、周りで家族が勝手なことを言っているのが聞こえている日常性が大切だと思っている。

――「人生の醍醐味」

怠けものの「一日一善」

私は今、一日に一つだけ気になることを解決するのを習慣にしている。食器棚にこびりついた汚れを取るだけでも「一日一善」で、大目的を達成したようないい気分だ。もっとも私は本来は怠けものなので、その一善さえもだるくて嫌になることがある。すると何もしない。私は今、ブラジル国籍の女性に家事を手伝ってもらっているので、彼女に「一日一善」という言葉も教えたのだが、何もしない日には「ほら、今日はさっき昼ご飯の時、ご飯をもう一膳余計に食べたから、もう何もしないの」と言って、国語を混乱させることに一役買っている。

――「人生の醍醐味」

諦めることだけはよそう

今、私はやっと三十一。まだ何かしようと思えば——例えばゴビ砂漠《さばく》の探検とか、アフリカの猛獣狩とかそんなことさえも——出来る年だと思う。

「まだ諦《あきら》めたくはないんです。どういう風に生きて行くつもりか自分でもよくわかっていないくせに、諦めることだけはよそうと心に誓っています」

手紙はそういうきつい調子の文面で終っていた。

正子が人生を諦めようと、諦めなかろうと、そんなことはどうでもいい。冷淡な意味でそういうのではなく、守屋は、諦める場合にはそれはそれで又安らぎがあり、諦めない場合にもそれなりに生甲斐《いきがい》があるだろうということを信じているからだった。

——「夜と風の結婚」

人を羨《うらや》むことは悪か

貧乏でも卑屈にならない。裕福だからといって金持ち面《づら》もしない。子供同士のつき合いに親の社会的地位や経済環境を持ち込まなかったし、大人の側が斟酌《しんしゃく》する必要もなかった。世の中に平等などないと分かった上で、人間としてごく単純なつき合いができたからこそ、卒業して何年たっても「いい学校だったね」とお互いに言い合えるのです。

中には三千坪以上もあるお屋敷に住んでいる子がいて、大手メーカーの社長令嬢とは知らずに行って驚いたこともありました。もちろん、すごいな、羨ましいな、ぐらいは感じてもそれだけのことです。もしそれを見て、自分もいつか金持ちになりたいと奮起するなら、たとえ凡庸でも一つの奮起の形です。人を羨むことを一面だけで悪と決めつける方が、ずっとつまらない反応ですね。

――「人間の基本」

「安心しない」毎日を過ごす

今のところ、私の周囲を見回していて気づくのは、「安心しない」毎日を過ごすのが、一番認知症を防ぐのに有効そうに見える。誰もご飯を作ってくれない。誰も老後の経済を心配してくれない。誰も毎朝服を着換えさせてくれない。誰も病気の治療を考えてくれない、という状況がぼけを防ぎそうだ。

要するに生活をやめないことなのである。

日本には今、幸せな老人が多すぎる。何とか飢え死にはしない。行路病者などという言い方が昔はあったが、いわゆる行き倒れとして道端で死ぬこともない。楽しく遊んでいても、もう年だからと言うので、誰も文句は言わない。

しかしそういう恵まれた年寄りの方がどうもぼける率が高い、と、私と気の合う仲間たちは密かに思っているのである。

――「人間の愚かさについて」

「つらいこと、嫌なこと」こそチャンス

「勉強だけしていればいいのよ」などと言って、子供から与えるチャンスを奪ってしまうから、子供はいつまで経っても大人にならない。もう立派に大人の年齢でありながら、大人の行為をしようとはしない幼稚な人間をたくさん育ててしまったのです。

近ごろは、「引きこもり」の大人も少なくないそうですが、それは小さい時から少しずつ嫌なことやつらいことをさせる癖をつけていないからです。私たちの子供のころは、嫌なことばかりしないと、今日のご飯が食べられませんでした。今は、嫌なことはほとんどしなくても、食事に困らないし、冷暖房のきいた家を追い出されることもないでしょう。

面白いことに、自信というものは、つらいことと嫌なことができた時につくものですが、そのチャンスすら失ってしまったわけです。

――「思い通りにいかないから人生は面白い」

「大切なことからやりなさい」

結婚して間もなく、私は夫に、その日のうちに完全に夕飯の後片づけをしなくてもいい、その代わり本を読みなさい、と言われた。大切なものを優先しないで、後回しにしていると、人間はその結果、「疲れてやらないことになるから、大切なことからやりなさい」というわけだ。

幸いなことに茶碗やお皿は、翌朝まで水につけておいても融けることはないから、朝元気なうちに、一気に片づければいい、ということなのだろう。

——「人間にとって病いとは何か」

無理、無茶、不潔、不養生

世の中には、一瞬たりといえども、体に悪いことはしない人もいる。しかし私は、自分の過去を振り返ってみると、無理、無茶、不潔、不養生に耐えて来た、という実績の上に、今日の自分の健康も幸福もあるような気がしてならない。

――「人間にとって病いとは何か」

寒ければ首をすくめればいい

寒くても、キゼンと背を伸ばしていなさい、と言われても、私はすぐ、「寒い、寒い」と首をすくめ、また、実際にそうした方が寒くないように感じます。よく精神力を持ちさえすれば、厳寒、滝にうたれても平気だなどと言いますが、私はそういうふうに自分を駆り立てることがあまりうまくありません。大体、日本人は駆り立てて奮起することがうますぎるから危険なので、できるだけ奮起しない気分を養成した方がいいのだ、などと勝手な言い訳を考えて、薄汚れた猫を抱いて、家中の一番暖かそうなところを、いつも物ほしげに探して歩いています。

――「仮の宿」

「食べすぎ」の弊害

今でも地球上には、飢餓ではないが、貧困のゆえに毎日三食は食べられないという人がけっこういる。日本人がそういう土地の学校給食にお金を出すと、勉強はともかく、子供が一食は学校で食べられるから、親たちは喜んで子供を学校に出す。それがないなら、うちで山羊の番をさせている方がいい、という親だって珍しくはない。先生でさえ、給食つきの学校に赴任したがるから、いい教師が集まるという。

私は長年こういう例を見過ぎたので、食は何でもあった方がいい、と思ったのだが、多くの場合、人間は食べ過ぎていることの弊害の方が大きいという。

ある時、学術的な調査をするグループの人たちと、近東の田舎を旅することになり、私がその食料調達係をすることになった。カップ麺はかさばるので、袋入りのもっとも素朴な干したラーメンを持参することにした。昼ご飯には、どこかでお鍋と火を借りて、そこでラーメンを調理することにしたのである。調査隊は十二人だった。私は若い人たちも多いことだから、という計算で、一食あたり十五袋くらいの麺を使う気持ちでいた。

するとこういう人数のグループを扱い馴れている人が言った。

「曽野さん。十人なら、九袋でいいんですよ」

「だってみなさん、よく食べるでしょう。それじゃ足りないと思いますよ」

「いや、それでいいんです。充分に食べさせると、必ずお腹を壊す人が出てきます。けれど人間、少なく食べさせておけば、決してすぐ健康を害するようなことはないんです。どこかで数日休息を取れるような場所に着いたら、お腹いっぱい食べさせますから」

この手のベテランの指導者によると、人間は少しくらい食物の量が足りなくても、決して体調を壊しはしないと言うのだ。むしろ過剰な食料の摂取の方が、かなり短時日のうちに健康不調を示す。痩せて健康な人、はいても、太って丈夫な人はいない、ということらしい。


――「人間にとって病いとは何か」

疲れずにすむ、ひとつの生き方

私はブラジルに深い尊敬を抱いている。私は今までに三回ほどブラジルに行っているが、そこで得た最大の収穫は、ブラジルには「ピアーダ」と呼ばれる一種の小咄《こばなし》があるのを知ったことだった。それは印刷もされず、作者もわからず、かつ、いつ発生したかの時間的記録もないが、痛烈で温かい自己批判と人間賛歌が込められた笑い話である。ピアーダは、男たちが勤め先や、帰りに立ち寄った肉屋や床屋やバーの店先などで語られる小咄なのだが、自分が聞いた話にさらに勝手に付け加えようと、ねじまげて語ろうと一向にかまわない代物なのだという。

例えばこういう話だ。

日本には新幹線というすばらしい列車があって、三十秒遅れてももうそれは遅延としてカウントされるという。その正確な運行の精神はブラジルでは見られないものだ。ところである日本人の商社マンは、友達を駅に迎えに行くことになった。どうせブラジルの列車のことだから遅れるだろうとは思ったが、万が一、時間通りに着いたら友達が心配するだろう。そう思って、時間通りに行ったところ、驚いたことに列車は正確にホームに入ってきた。

この日本人は驚き喜び、思わず近くにいた駅員に抱きついて言った。「ブラジルの鉄道も最近はすばらしいじゃないか！」

すると駅員はむっつりと答えた。

「これは昨日着くはずの列車です」

――「人生の醍醐味」

捨てられ、枯死寸前のカラーの株

私が時々何日か出かけて、花を植えたり畑を作ったりしている相模湾に面した海の家は、庭のフェンスの外はもう海岸の国有地である。その部分は、ゴミを落とさず清潔に保つべきなのだが、落ち葉のような植物性のものは天然の肥料になるので捨てている。伊勢神宮が、砂利の部分に散った落ち葉を近くの植え込みに戻しているのと同じ自然の循環を願うからだ。

するとフェンスの外の海際の土地は、長い年月の間にこの上なく肥沃になるらしく、捨てたはずの植物の一部が繁茂したことがある。フキ、カンナ、ランタナから、一時はミョウガが生えたこともある。ミョウガは、やや乾いた畑の一部に植えていて、全くできなかったので、引き抜いて畑の隅に積んでおいた。しかしその一部が紛《まぎ》れて棄てられたようで、気がついたら一部にミョウガが繁茂していたのである。

茗荷谷、という駅名が示すように、ミョウガは水がちょろちょろ流れているような谷が好きらしい。子供でも植物でも同じであった。性質に合った環境においてやれば、問題なく育つ。

　去年の秋、その崖の上の地面で、小さな奇妙な葉っぱを見つけた。どうもカラーだと思うのだが、私の家では作ったことがないので自信もないし、育てたこともない植物が紛れ込む経路はわからなかった。強いて考えれば、畑に播《ま》く肥料にいろいろな種が混じることはある。私はカラーと思われる小さな苗を、梅の木の下に半信半疑で植えてみた。この適当な日陰が気に入ったらしく、すぐに葉は大きく繁り、間もなく私の掌くらいある堂々たる白い花をつけた。拾って来た苗とは思えないような見事な花で、浅ましい私は「売れるくらい立派。売って儲ければよかった」と呟いた。

　そのカラーは、つまりどこかで見捨てられていた株なのだ。国有地の外まで辿り着き生き長らえた経路はどうしても推測できない。種ではなく、球根で泥と共に運ばれたのだろうが、そうとしてもまだ謎は解明できない。しかし私が喜んだのは、捨てられて、枯死寸前の発育不全の株が生き返ったことである。逆境に耐え抜き、いつの日か所を得れば、見事な大物に育つという事実である。


——「人生の原則」

おかしいはおかしいが問題ではない我が家

私の家は、決して理想的な家族ではなかった。何しろ「家内」の私がよく外に出ているか、家にいても書いてばかりいる。我が家の歴史に残っている、もっとも滑稽な台詞《せりふ》がある。

或る日、迎えに来てくれた編集者と一緒に私が出かけた後で、夫が私あての電話を取った。

「うちの奥さん、さっき誰か男の人と、出て行っちゃいましたが……」

と夫が言ったので、それを端で聞いていた秘書は笑いが止まらなかった。「確かにその通りなんですけど、ちょっと変な日本語でしょう?」というわけだ。

私たちは自分の家庭を、外の人たちの標準や理想に合わせるということをしなかったので、おかしいはおかしいなりに問題ではなかったのである。

――「人間にとって病いとは何か」

なぜ先のことを考えないのか

加陽子は先のことは考えなかった。人間は先のことを考えて、その通りになったことなど一度もないのである。それももっと頭のいい人たちなら、予測をたてることに意味があるかも知れない。しかし、自分程度の頭で何ができるだろう。今日一日をいられる所にいて、できるだけ楽しく暮すだけだ。

――「いま日は海に」

3

「いい加減」にやっていい

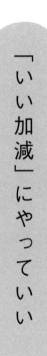

「いい加減」にやっていい

私たちは何事をやるにしても完璧を期《き》してはいけないし、自分はすべてわかっていると思わない方がいい。そしてできれば気が長い方がいい。

つまり「いい加減」にやっていいのである。しかし考えてみると「いい加減」というのは風呂の湯加減でもなかなかできない技術だ。いい加減という言葉が、だいたいのところという意味と、まさに適切な量との双方を示すというのは何とも面白いものである。

老人介護のいい加減は主に手抜きを指す。しかしそれが結果的に見ると最上の方法になっている場合も多い。私の狡《ずる》さは、逃げ道、すなわち長続きする道をいち早く発見したことだ。

やろうと思うこと、やるべきことでも、嫌になったりくたびれたら止める方が自然なのである。それを完璧にやろうとすると、介護人は追いつめられくたびれ果ててすぐに投げ出すことになる。

――「夫の後始末」

「そんなことでは、人は死なない」

私の母は体が不自由になっても、ベッドの下の小さなゴミさえ気にして拾いたがるような性格であった。それに対抗して、私は何でもすぐ「そんなことでは、人は死なない」と言うのが癖になった。これはなかなか応用の利くいい言葉だった。

「少しぐらいゴミがあっても死なない」
「少しぐらい食べなくても死なない」
「少しぐらい汚くても死なない」
「少しぐらい義理を欠いても、見捨てられることばかりではない……」

ほか、運命が私に教えてくれた言葉は数限りない。

これらは、介護の必要な母の存在がなくても、けっこう使える言葉であった。私が五十歳を過ぎて、アフリカ社会とのつながりを持つようになった時、私のこの「いい加減人間」の要素が、アフリカに向いた資質となっていたのである。

——「夫の後始末」

人間は矛盾した二つのことを求める

人は常に矛盾した目的を持つ。最近、自然を保とうという運動が盛んだが、自然を保つということは、開発をしないことだ。しかし私はやはり便利さも欲しい。道路は舗装されていなければ、長雨が降り続くと移動もできないし、川に橋がなければ、向こう岸の人と遭うこともできない。

だから私たちは、同時に矛盾した二つのことを求める性格を持っているとも言える。死の前に、すべてを捨てておきたい、という思いと、それでも今日明日にも、まだ自分のけちな欲望のために、世界を拡げておきたい、物も持っていたい、という意欲との間で闘うのである。

――「納得して死ぬという人間の務めについて」

「見よう見まね」の効用

中年になるまで、私は周囲から料理など全くできない女だと思われていた。事実、私はお料理教室に通ったこともなく、母から料理を仕込まれたこともなかった。

私が幸運だったことは、早くからプロの作家の生活を始めていたので、普通の主婦よりもお料理屋さんやレストランに行く機会に恵まれていたことだ。

そこで盛りつけも味もよく見ていて「習った」。私は見よう見まねで、板前さんの味に近づけるにはどうしたらいいか、考える癖がついたのである。

つまり私は偽物なりに、何とか通る道を見つけたのだ。

――「人生の醍醐味」

他人を理解することは、ほとんど不可能

私は中年以後、他人を理解することはほとんど不可能だと思うようになった。もちろんその人の家庭環境や職業はよく知っている。しかしその人の心の深奥まで知っているということはほとんどあり得ないし、もし知っているなどと思ったら、それは相手に対して失礼なような気さえした。

――「人生の原則」

ミスは誰でもするものだが……

昔東大のロケット発射場にいたとき、小さな不具合が発見されて打ち上げが延期になると、新聞記者が「また、初歩的なミスですか！」と嘲笑的に聞いたのを覚えている。すると広報担当の教授が穏やかに、「ミスというものはすべて初歩的なものです」と答えていた。

――「人は怖くて嘘をつく」

「失敗した」と悔しがるのも人生の味わい

基本的には自分のことは自分でやる。何ごとも自力で解決をはかる、という決意が人間には必要だと思います。

自分でやってみると、うまくいかないことも当然あります。その時は、ああ、失敗したと悔しがったり、ちょっとうまくいったら大喜びしたりする。そうこうして、人生というものの味わいが深くなっていくものなんですね。

——「思い通りにいかないから人生は面白い」

「しょうがないのよねえ」とぼやけばいい

まだ若いころ、海外赴任のチャンスがありました。青年海外協力隊のお世話をするポストで、それはほんとうにやりたかった。語学に自信があるわけでもないし、外交はできないと思うけれど、青年たちを守って、いい働きをしてもらう仕事なら「変人の作家」という顔のままでやれそうな気がした。

でも、お断りしました。当時、私は自分の母親と舅《しゅうと》、姑《しゅうとめ》と同居していましたから。夫の三浦朱門も、外国勤務は全部断りました。夫婦ともに、やっぱり親を放っておくのはいけない、と思ったわけです。

優先順位を決めれば、必ず捨てなければならないものが出てきます。それは当然のことですから仕方がない。それで、「しょうがないのよねえ」とぼやいているのが、私は好きでした。それ以上、自然なことはありませんからね。

――「思い通りにいかないから人生は面白い」

幸福を先に取るか、後に取るか

自分の死後、残された夫や妻が、すぐに「来てくれればいい」というのは、浮世を持ち越した考え方だが、あまり効用性はない。一方、重荷になっていた配偶者がいなくなったので、生気を取り戻し、青春を再び生き直しているように見える「残された人」もいる。これが「ハッピイ・ウィドウ（男でも同じ表現でいいらしい）」である。

考えてみれば、同居して長い間、重荷のようになっていた配偶者なら、死後その重荷が取り除かれて幸福になる。しかし同居していた時、十分に楽しかった夫婦なら、一人になれば寂しさだけだろう。それも考えてみれば、平等な運命の与えられ方だ。幸福を先に取るか、後に取るか、の違いなのかもしれない。

――「夫の後始末」

「健康なだけの肉体なんて始末が悪い」

昔、大学生だった頃、私は大学でソーヴール・アントワヌ・カンドウというフランス人の哲学者の神父の講義を取っていた。非常におもしろい生き生きとした知識と発見に満ちた授業であった。私はそれでもなお授業中によく居眠りをしていたが、或《あ》る日、ふと目を覚ますと、カンドウ神父はそれこそ、私の精神の緩みを叩き起こすようなことを言っておられたのである。

「日本でも、健康な精神は健康な肉体に宿ると信じられているようだけど、それは間違いだね。フランスでは『健康なだけの肉体なんて始末が悪い』と言います。そういう人は、ものを考えない。疑いを持って判断をするということもしないでしょう」

独特の日本語である。私の眠気は、瞬時に雲散霧消《うんさんむしょう》した。一生私の心に残る真実は、こうして教えられたのである。

——「人間にとって病いとは何か」

人生、何が勝ちで、何が負けなのか

第一志望の会社に就職できなかったという人に会った時、「その会社にはすごく嫌な奴がいて、入らなかったほうがよかったのよ」と言いました。「自分の良さをわかってくれない会社なんか入らなくてよかった」でもいいのですが、私はその会社に入っていたら将来、何か自分に悪いことがあるだろうという気がする。そして、受かった第二志望の会社に、自分がやるべき任務があったんだ、と受け取るのです。

これは負け犬の論理かもしれませんが、人間の勝ち負けというのは、そんなに単純なものではありません。私たちが体験する人生は、何が勝ちで、何が負けなのか、その時々にはわからないことだらけです。数年、数十年が経ってみて、もう死の間際までできて、やっとその答えが出るものも多い。永遠に答えが出ないことだってあるでしょう。

楽観主義者だと言われればそうですが、私はうまくいかない時はいつも神さまから「お前は別の道を行きなさい」という指示があったと思うんですね。だから運が悪い場合はそこでぐずぐず悩むのではなくて、運命をやんわり受け入れられる心理でいたい。そして、次の運命に協力的になる。自分で望んだわけではないけれど、それによって神さまは私に何をご期待ですか？　と考えるわけですね。そうすると、たいてい運命が開けてくるものです。

事実、最善ではなく次善で、うまくいった人はたくさんいます。

「ほんとうは三井物産か三菱商事に行きたかったけれど、競争が激しくて、入れんかった。それで地方の小さな会社に入社したら、大学を出ている社員も少ないし、あんまり頭の切れる同僚もいなくて、気がついたら社長になっとったわ」

というような人は、実に多い。

「オレは、こんな会社じゃなくて、もっと一流の会社に行きたかったんだ」と嘆くのではなく、「拾っていただいてありがとうございました」という謙虚な気持ちで、一所懸命にそこで働く。そうすると、結構うまくいくことが多いですね。

――「思い通りにいかないから人生は面白い」

迷い続ける人がなぜ誠実なのか

「あの女の人はいつも受付にいるのか？」

三宅は、小声で聖子に尋ねた。

「そうよ、どうして？」

「いや、変ってみえるからさ」

「あの方ね、修道女の志願者だったんですって」

「修道院で断られたのか？」

「さあ、そうじゃなくて、自分の決心を決めかねていらっしゃるんだって聞いたわ。決めかねて、ずうっと、二十年くらい暮していらっしゃるんですって」

三宅はちょっと考えていた。聖子は三宅が当然、彼女の悪口を言うだろうと、思ったが、彼は思いがけず、

「悪い人じゃないいな」

と呟いた。

「どうして？」

「二十年も迷ってるなんて、誠実じゃないか」

「あら、あなたは決断が早いから、遅い人のこと、悪口を言うかと思ったわ」

「早いのは必ずしもよかないさ。そこまで迷えないから、いい加減なところで決定するだけよ」


――「虚構の家」

人間は〝いい加減〟に生きている

私は、本音をはいておいた方がいいと思います。私は希望というと、本来のところ宝クジしか思い浮ばない人間なのです。私にとって希望というのは多分に投機的で、虚偽的です。私はほとんど希望なしでやって来ました。いつも希望の代りにしていたのは、小さな、現実的な目標という奴です。目標には必ず困難がつきまといますが、もしかしたら、廻り道して辿《たど》りつけない、というものでもありません。しかしそれには希望という言葉の持つ、輝かしさは一切ないと言ってさしつかえありません。

大人たちはなぜ、青年たちに、この世は信じがたいほど思いのままにはならない所なのだということを、きっちりと教えこまないのでしょうか。そして人間は、だれも、そのような不合理な生涯にじっと耐えて――つまりいい加減に――生きているものだということを。

――「仮の宿」

土いじりを夢見ていた多くの船乗り

私が会った多くの船乗りは——軍艦であろうと、漁船であろうと、貨物船であろうと——昔、いつか定年がきたら、陸に上がることを考えていた。陸へ上がった後の生活として、多くの人たちが、土をいじることを夢見ていた。軍艦に乗っていた人は「もう一生涯カナモノをいじるのはよそう」と思ったという。確かに軍艦はカナモノの塊であった。

そうした人たちは、そのほとんどが夢を果たした。小さな家庭菜園、新しく購入した家の庭いじり、ガーデニング・ブームに乗って野菜作りの指導者になった人さえいる。それが、つい去年まで、畑などいじったこともないような人たちなのだ。しかし彼らは理論的で頭がいい上、心身共に鍛えられているから、船に乗っているうちに畑作りの基本が書かれた本を読んでいて、立派に自分でも作り、人にも教えられるほどの下地を作っていたのだ。

——「私の漂流記」

買い足さず、今あるものだけですする工夫

まだ若い頃、私にも何人かのボーイフレンドがいた。そのうちの一人が、キャンプに誘ってくれた。私の大学の友人など五、六人が一緒だった。

夏ではあったが、高原の夕方には雨が降った。私はテントの中でぼんやりと雨を見ていた。その夕立の間にも、キャンプでは何か立ち働かなければならないことがあった。ボーイフレンドの一人は、官立大学の法学部の学生で、もう一人は私大の「登山科」に行っていると称していた。もちろんそんな科はないのだから、つまり「学問はさぼって山ばかり登っています」ということだ。

夕立が来ると、法学部はリュックの中からレインコートを出した。私はその用意がいいのに驚いた。しかし私大の登山科は反対だった。彼は、シャツを脱いで上半身裸になり、雨の中を出て行った。そして雨の中の仕事を済ませると、乾いたタオルを出して濡れた体を拭いた。

私は二人の反応を感動して見ていた。男の兄弟もいなかったので、こういう場合、彼ら

がどういう反応を示すのか現実に見たことがなかったのである。

私の家の常識では、雨が降れば傘をさす。要るものを足すというプラス志向である。シャツを脱ぐというのは、マイナスの志向だ。つまり、濡れるものを減らすという感覚だ。私は驚いた。私の育った家では、生活の程度を一段落とせば解決するという姿勢が、全く欠けていたのである。

普通の生活では、物は足していけば済む場合が多い。洗濯ばさみが足りなくて困れば、もう一組マーケットで買ってくればいいのだ。しかし今あるだけの洗濯ばさみで、洗濯物を落とさない工夫ができたら最高だ。

――「人生の退き際」

誰しも「私怨《しえん》」を持っている

私はその時、改めて、人間は誰もが「私怨」を持ち、一切の言動、思想は、つまりはそこから出るのだろう、いや、それこそがその人にとって、しっかりと根をもった本質なのだ、という形で納得したのでした。

「私怨」という言葉は本来どうもあまり聞こえがよくありません。それはどろどろした、人間の心理のヘドロのようなものですから。私怨を晴らすために「あいつを見返してやろうと思って、今日まで、馬車馬のようにやって来ました」などと聞くと、私でも背中がぞっとして、何も見返さなくてもいいのに、のんきにポチポチやって行ったって同じ一生じゃないか、と思う時も多いのです。

その半面「私怨」など持つのはいけない、他人からなされた悪はすべて許しましょう、というのもおきれいごとで現実感がありません。

——「仮の宿」

すべての人に非人道的な部分はある

社会には人道的に立派な人と、差別の好きな悪人がいるのではなく、すべての人の心の中に、わずかずつだが、非人道的な利己主義の部分が常に潜在している。しかし同時に、どんな悪い人の思いの中にも、弱っている人を見たら助けなければならない、という義務の本能も内在している。

――「人間にとって病いとは何か」

鮭《さけ》の産卵と人間の生死

「鮭は必ず、夫婦なんですよ」

恭次郎は言った。

「愛し合って仲のいい二匹が、助け合って最後の旅をここまでやって来て、牝《めす》が河床の小石を掘って産卵するのを、牡《おす》が手助けもするし、守りもするんです。そして生んでから後、数日間体力のある間は、二匹はずっと卵の上にいましてね。それで力尽きて死ぬんだそうです」

時々鮭の中には流れを遡《さかのぼ》らずに、流れにもまれながら下流へ流されるのもあった。

「ああいうのが、もしかしたら」

磯子は息をひそめるように言った。

「でしょうね。もう最期が近いんでしょう。僕が読んだ本には、鮭は体力を使い尽すんだって書いてありました。死と引き換えに生むんですからね。《初め、私はそのような鮭を哀れに思った。しかし今は、そのような彼らを愛している》って、本を書いた人は言ってました」

恭次郎は、魚をもっと近くで見たかったのか、身軽に、岩から岩を伝って水面と同じ高さまで下りた。すると又もや、彼の靴先をかすめるように、一匹の鮭が水しぶきをあげながら上流に向って突っ走った。

磯子は、真紀子のことを考えていた。今、誰に見せたいと言って、この凄絶《せいぜつ》な光景を見せたいのは真紀子であった。鮭は、必死で川を遡り、傷つき疲れ果てながら、最後の地点に辿《たど》り着き、そこで子を生み終えると、一匹残らず屍《しかばね》を重ねるようにして死ぬ。しかし考えてみれば人間も同じであった。そのような残酷な運命に殉じる以外の生き方はなさそうだった。生きた証《あかし》を残したいとか、自分の生涯を華やかな思い出で飾っておきたいとか、何のたわごとであろう。人間も鮭のように死ぬほかはないではないか。河床に卵を生みつけることを、その生の最終目標とし、或いはまだ産卵地点まで辿りつかないうちにラクーンや熊に襲われて死ぬ鮭をも含めて、魚と人間はとりもなおさず、すべてが、温く平等に、そして例外なく、決められた死の道を辿る。


――「夫婦の情景――鮭の上る川」

4

自分にも他人にも寛大でいい

これで私の人生の半分くらいは大成功

　私は時々、若い人たちを相手の講演の時、誰でもが必ずなれる「人生の成功者」になる秘訣《ひけつ》と、私も成功者だという話をしてきた。むずかしいことではない。人生で一人も人を殺さず、自分も自殺しなければ、それだけで大成功だ、ということである。

　私は中年に鬱病だったから自殺願望があったし、約五十年以上、運転もしたから、事故で人を傷つける可能性はいつもあった。しかし私は足の悪い母を気軽に外出させるためと、中年以後はアフリカなどへ行っていたので、自分が運転の技術を持つ必要を感じていた。七十歳代のいつだったか、大事故なしに運転をやめると決めた日のうれしさを、私は忘れられない。これで私の人生の半分くらいは大成功だったと確信できたのだ。

――「人生の醍醐味」

「お金の関係」は友人をなくす

私は、母から「絶対にお金を貸してはいけない。あげなさい」と教えられました。たとえば親友で、「ああ、あの人だったら」という相手には、長年親しくしてくださった心に対して自分があげていい分だけ、あげなさい、と言うんです。

保証人になってもいけません、と十代から教えられたので、保証人になったこともありません。よく思われようと考えないから、断るのは、わりと平気なんです。

いつだったか、夫が友だちに借金を申し込まれたことがありました。すごく親しい方だったからこそ、返ってこないのを覚悟であげたほうがいいんじゃないですか、と私は言いました。

はっきり言うと、「お金の関係」ができると、もう友人じゃなくなるんです。また、ろくに知らない人にお金を貸してと言う人は、そのことだけでおかしいですからね。

――「思い通りにいかないから人生は面白い」

「ふるいにかけ、かけられる」人間関係

よく「ふるいにかける」という言葉があるが、私は人をふるいにかけていたと同時に自分もふるいにかけられていたのである。そのようにして「類は友を呼ぶ」と言うのだろうが、これは個性というものを示しているのであって、そのような操作自身は善でも悪でもないであろう。のっぴきならないのは友人関係ではなくて、姑と嫁とか自分と本家の関係とかであって、それは軽々に捨てることができないのかもしれない。しかしそれ以外の、後天的に、家族や血のつながりなく知り合った人に対しては、人は自然に選ばれもし、選んでいくことにもなる。

――「納得して死ぬという人間の務めについて」

休むということを知らなかった愚か者

この書物の最後の部分を、私は極めて私小説的感覚で終わりにしたいと願っている。多分それは、私が小説家である故に許されるかもしれないと思うのは、私は最近、常に疲れるようになったからである。

年を考えればそれも当たり前だった。私は二〇一一年に八十歳を過ぎた。その年にしては内臓の病気もなく病院通いもせずに済んでいる。しかしひどい疲労と時々微熱がでるようになったので、二〇一四年に受けた検査の結果、私の体の長年の痛みやだるさの原因には、膠原病《こうげんびょう》の一種、シェーグレン症候群もあるのではないか、ということになった。

私はもう実質六十年間という長い年月、ほとんど休みなく書いて来た。書くだけでなく、親三人と同居し最期も自宅で見送り、書きながら古い家の経営もして来た。そういう長年の労働と医学的診断の結果を、私は自分の愚かさの結果だと感じた。私は、休むということを知らなかった愚かな者だったのだ。

――「イエスの実像に迫る」

相手の立場を考えることができるか

小さな講演会で話をするようにと言われたので、会場に行くのに、我が家の車を秘書に運転してもらって行くことになった。私は二年半前に足首周辺の骨を何カ所も折って、それを釘で止める手術を受けた。その後遺症がまだ残っていて、電車を乗り継いで会場に行くのは日によって少し無理があるのである。

会場で車を降りる時私は、「車の中にいると寒いから、喫茶室にでも行って、コーヒーを飲んで待っていらっしゃいね」と囁いた。

酷暑の夏の日中と極寒の冬に、運転者が車の中で待つことになると、どうしてもエンジンを掛けっぱなしにして、空調を使うことになる。待ち時間にはエンジンを切っていなさいというのは、暑気と寒気にさらすことだから、人間的でないだろう。

最近の風潮は、エコばやりで、講演などのテーマとしてもよくエネルギーを大切にすることが取り上げられる。そういう講演会の陰に、こういう矛盾が発生しているのである。主催者がちょっと惻隠《そくいん》の情をもって「運転手さんもこちらでお休みください」と控室に通してくれれば、それで済むことだ。講師の私がステージに出て行けば、講師控室は無人の部屋になることも多いのだから、運転者は快適な気温の部屋の一隅で休んでいられる。しかしエコ問題の会議でも、そういうところまで配慮のできる主催者はほとんどいない。

相手の立場を考えることができる、というのは、知性の結果である。どんな優秀な大学を出ていても、こういう点には全く気がつかない人が近年多いのは、多分昔風に言うと「しつけが悪い」のだろう。

一方で、自分はこんなにエコに気を遣っているのに、人はそうしないと言ってきつく非難する人が出て来たのも近年の特徴である。エコ運動は、他人がそうしなくても、自分だけは守り続けるという姿勢を貫けばいいので、エコの姿勢を示すことが自分の道徳性を示す証だと思ったり、エコ運動にずぼらな他人を非道徳だと言って責めるのは、嫌な風潮である。エコさえ守れば、自分は上等の市民であるかのような態度は、的はずれというものだ。

――「人生の原則」

一見知的に見える人たちの弱さ

いつも明るく、楽しそうにしている人は、周囲から少々軽く見られがちです。でも、そういう人が何も考えていないわけではありません。いろいろ深く考え、悩むことがあるからこそ、逆に必死になって楽しく生きようとしている場合もあるのです。

気難しい顔をして悩んだり、考え事をしたり、社会に怒りをぶつけたりする人は、一見知的に見えると誤解されている嫌《きら》いがありますが、そんなポーズをとること自体が弱さでもあるのです。

何があっても、どんな苦境に立たされていても、一生懸命、楽しく生きようとしている人たちに出会うと、私は心を打たれます。

――「幸せは弱さにある」

「つらい思い」をわざとさせる母親の思い

一つのフェリーに乗り込んだ時、雨脚はかなり激しかった。ただでさえ寒いのに、不機嫌な雨である。私たちは車の座席に座っているから、濡《ぬ》れもせずさして寒くもない。私は車の中から外を見ていた。すると私たちのすぐ傍《そば》で、降りしきる雨の中に、一組の家族が立っているのに気がついた。

幼い子は、まだ小学校の低学年くらいだった。車を持たず、ただ対岸に渡ろうとしている人たちだった。私は窓を開けて、雨合羽《あまがっぱ》を着たお母さんらしい人に言った。

「中にお入りになりませんか。せめて小さいお子さんだけでも…」

全員は多分入りきれない。だから…というつもりだった。するとそのお母さんは答えた。

「ありがとう。でも私たちは、こういう状況にも耐えられるように旅をしていますので」

つまり子供には、むしろ人為的につらい思いもわざとさせて、耐えられる体と心を作る、ということがこの家族の目的だったのだ。

――「人は怖くて嘘をつく」

誰でも自分の思う法則で人と付き合えばいい

アメリカの映画などを見ていると、警官が出先から「今日は家へ帰れないよ」と妻に知らせる時も、放蕩者の親父に困り果てている息子がうまく父親を追っ払えた時も、口やかましい母親に「今年の夏は一緒に過ごせない」ということを告げる中年男も、すべての場合に最後に「愛しているよ」と言うのである。これらの行為も、すべて死別のための準備だ。

「愛しているよ」と毎日家族に言う習慣は日本人の日常生活の中にない。私はこの問題をある日、アメリカ人と結婚して離婚した友達に聞いたことがある。

彼女の夫というのは一種の知的な学者風の仕事をした人で、戦後GIとして日本にいたこともあるのだが、決してただの兵隊ではなかった。どちらかというとジャパノロジスト(日本通)のような専門家であったのである。そこで私の友人と出会い、二人は何十年かを過ごした。彼女に言わせると、夫は日本をよく知っていたから、毎日のように「愛してるわ」と言わなくて済むのだと思っていたのだという。言わなくても愛していることはわかるというのが日本人の考え方だからである。しかし、「主人はやっぱりアメリカ人だったのよね」と後年、彼女は言った。離婚する前に夫婦がどれだけ喋り合ったのかは知らないが、アメリカ人である夫はやはり彼女に毎日のように「愛しているわ」と繰り返して欲しかったらしいと言うのである。

離婚した夫はその後、アメリカ人の学者と結婚した。それ以来、私は心の奥底で国際結婚は避けたほうがいいと実は思っているのだが、誰にも強要したことはないし、そんなことを言っただけで叱られそうな空気さえある。原則は、人は皆、自分の思ったような法則で人と付き合えばいいのだし、結婚をすればいいのだが、ただ最近私は、死ぬ前に自分が知り合った人々とそれとなく会って別れを告げてくるのも悪くないと思っている。

――「納得して死ぬという人間の務めについて」

女にとって魔ものの年齢とは

「いったい、そのジーパンの奥さまは、お幾つでいらっしゃいますの？」

私はお伺いいいたしました。

「もう三十は越えていらっしゃいますけどね。お子さんのおありにならない方ですから、まだぴちぴちしたところがおありになって、要するにもっさりした、いかにも地方出身者らしい旦那さまでは、もの足りなくて、ヒマをもてあましていらっしゃいますんでございましょう？」

三十歳か、と私は思いました。

三十代というのは、女にとって魔ものの年齢でございます。もう一応、何もかも知りつくし、しかも怖れを知らず、どのような思いも遂げることができると信じている、それがその女の年だ、と私は考えたのでございます。


——「遠ざかる足音」

長生きしすぎると周囲は困る

「長生きなさいますよ」という言葉は、もちろん常識的には「お慰め」ではあることはわかっているのだが、最近、言葉の陰に十パーセントくらいのイヤガラセが含まれているように感じはじめた。先日会った脳外科医は、私がまだ全部自分の歯だというだけで、「間違いないよ。百まで生きるよ」である。私は甘いものを好きではないので、歯が保ったのである。

長生きしすぎると周囲は困る。しかし病弱で、自分のことも一人でできないままに長生きするはめになっても悲惨なので、私は仕方なく食べ物に気をつけたり、家事をさぼらないでいたりしているのである。

――「人生の退き際」

どれだけ医療機関を利用せずに済んだか

　このごろ、私たち高齢者の間で、時々おかしな自慢話を耳にする。それは、どれだけ医療機関を利用せずに済んだか、という話である。

「少なくとも、先月も今月も、私、お医者にかかってない」

というような言い方だ。若くないから来月も病気にかからないで済むと言い切ることはできないので、こういう歯切れの悪い「自慢話」になる。

　これはつまり、健康保険を使わないで済んだということであり、自分が払った保険料は、誰かが使ってくれてよかった、ということなのである。

　こんなことは、今大きな声では言えない。人権とは、払っていない分まで、自分のために使うことだからだ。第一、そんなくだらない配慮をしても、官庁の役人が無駄金を使って平気なんだから、「つけあがらせるだけじゃないの」と注意されるだけになる。

　しかし私の周辺の気の合う仲間は、そういうふうには考えないのである。もちろん自分が病気になれば、保険を使うのは当然だろう。しかしもし使わないで済めば、病気をしている人に廻《まわ》せてよかったと考えるのである。

自分が払い込んだお金を使わなかったことを、世間は「損をした」と言うのかもしれないけれど、自分は何にも代え難い健康をもらったのだから、その方がありがたかったのだ、と考える。そういう人たちは、介護保険を自分が使わず、人が使っていることも喜んでいる。

これは私の根拠のない印象かもしれないけれど、権利があるものでも使わないで「頑張って」いるような人の方が、どうも健康なのである。

人間にはいろいろと滑稽《こっけい》な突っ張りがあって、その人独特の境遇や年齢によって笑いだしたくなるような「見え見えの見栄《みえ》」を張ることもある。医師にかからないということも、一種のくだらない見栄に違いない。ただ、自分の見栄に関して、分析的に語り笑えるようになったら、それだけでも健康の元だろう。

――「自分の財産」

「お客さま扱い」は健康に悪い

昔、引退したらゆっくり遊んで暮らすのがいい、と言われた時代があったけれど、私の実感ではとんでもない話だ。「お客さま扱い」が基本の老人ホームの生活、病院の入院、すべて高齢者を急速に認知症にさせる要素だと私は思っている。要は自分で自立した生活をできるだけ続けることが、人間の暮らしの基本であり、健康法なのだ。

——「人生の醍醐味」

「救急車を呼ばなきゃダメ」な理由

年寄りが何かというと、すぐに無料の救急車をタクシー代わりに呼びつけて使う、という批判はよく聞くが、それにも理由はあるのである。普通の形で診療を受けようとして自分の足で病院まで辿り着いた人がいる。受付で、症状がひどいから早く何とかしてもらえませんか、と言ってもなしのつぶてで、うんと待たされた。

その間高熱や痛みに耐えることになるから、「自分で行けても、救急車を呼ばなきゃだめなのよ」と、それ以後、その人は言うようになったという。

総合受付のような所に、どの程度症状がひどいかを見極めて人間的な配慮をしてくれる人がいないと、こういう狡さがまかり通ることになる。

――「人生の退き際」

何であれ自分の好みを持っているか

私は、いつの間にか、自分の「個」を持っている人たちとだけつき合うようになってしまいました。ですから親しくなるのは一見、素直でも優しくも従順でもない、業突張《ごうつくば》りで「ああ言えばこう言う」タイプの人ばかりですが、言い換えれば、自分で考えているおもしろい人たちです。個とは、個人主義だとか大げさな思想めいたものではなく、人生を自分の頭で考える、自分の趣味で選ぶという人間としてごく当り前のことです。おかずの味や小遣いの使い方、ごみの出し方など他人にはくだらないと思われることでも、何であれ自分の好みを持っている。その小さな個が出会った時にこそ、楽しいと感じられるのです。

――「人間の基本」

無駄な会話を一切しない人

男女の性格にはさまざまなものがある。食事の時でも必要なことしか言わない人と、考える前に壊れた水道が漏れるようにとりあえず喋っている人とがいる。どちらがいいのか。いわゆる一見無駄に見える会話というものを一切しない人は、賢いように見えるが、夫婦の暮らしで、それが評価されるのかどうか。私は家庭で全く寡黙な夫は嫌なのだが、それも夫婦の相性による。妻も共に無口だと、それはそれなりに釣り合いが取れているのかもしれない。しかし私のように自分もその日にあったことを話し、相手からも聞きたいと思う性格だと、それはかなり大きな不満になるだろう、と思う。しかし無口は悪ではないということもほんとうなのだ。

――「人生の原則」

世間の眼を信じない人たち

　彼らは一口で言うと、何ごとにも、世間の眼を信じない人たちであった。つまりこの上なくはっきりした利己主義者だった。他人の思惑は眼中にない。自分に見えた通りにしか信じない。そのためには、薄情で人の存在感が薄いということも必要条件らしいということが、体験でわかって来た。それというのも、他人に深い思いをかけなければ、眼が澄んで来る。とことん親切にもしないかもしれないが、深く憎むなどという野暮もしない。淡々とするべきことをする。淡い交遊はさらさらしていて、春の小川のようなものだ、と宇佐美はできの悪い駄洒落《だじゃれ》を言う。
　薄情が道徳にも通じるなどということを、宇佐美は若い時には考えもしなかったものであった。年を取ると、こういう密《ひそ》かな逆説がどんどん増える。この手の発見の楽しみがあるとは全く知らなかったのだから、若いということは貧困なものだ。

――「観月観世」

他人が謝《あやま》るのをいささか楽しむ心理

私は今までのところ、殺人や盗みもせずに生きてきた、と思っているが、人間は明日にも何をしでかす運命になるかわからない、といつも思っている。つまり自分の道徳性に少しも信頼を持てないのである。だから世間の責任ある立場にいる人が、公衆の面前で謝る場面に少し関心がある。

世間には、他人が謝るのをいささか楽しんで見る卑怯《ひきょう》な心理もあるようだ。自分は運もなくて出世しなかった。しかしあの男は、僥倖《ぎょうこう》で社長になれた。そいつが会社の不始末の責任を取って、皆の前で謝る羽目になっている。ザマアミロだ、という人もいるのだろう。安上がりのお楽しみである。

中には謝る人が頭を下げるときに見える髪の毛の密度にしかほとんど関心を示さない人もいる。「あんなに毛が薄くなってからは、頭を下げる立場になっちゃいかん」と本気なのである。

――「人は怖くて嘘をつく」

5

やたらに欲しがらない

「知らない」を言えず、何でも知っている人たち

私の場合、今たまたま関係のある本を読んでいるとか、今調べているテーマだとかいう場合以外、たいていのことがよくわかっていない。だからいつも「ごめんなさい。私はそのことに詳しくないんです」と謝っている。

「誰それさんをご存じですか?」と言われる場合でも、「いいえ、ご挨拶《あいさつ》くらいしたことはありますが、よく知らないんです」と言えば何の問題も起きない。「ああ、あの人知り合いです」と言うから、就職だの、発起人だの、寄付だの、紹介だのいろいろなことを頼まれるのである。

「できない」と「知らない」を言えれば、ものごとはすべて楽になる。もっとも私は男の人たちの中に、恐らく一生に一度も「そのこと、僕は知らないんだ」と言ったことはないのだろう、と思われるほど、何でも知っている人に時々会う。すべて知っている方がおかしいのに、それが秀才の気負いというものなのか、と気の毒になる。

しかし「知らない」と気楽に言えるためには一つの条件が要るらしい。それは一つだけ

何かの専門家、玄人《くろうと》になることだ。そうすれば他のことは知らなくていいのだ。その一つの分野は、学問的なものでなくていい。料理でも、畑仕事でも、登山でも、木工でも、習字でも、茶道でも、昆虫研究でも、武術でも、一つだけ他人よりはほんの少し深く究めた自分の世界を確立した人は、「私はそっちの方は全然無知なんです。ごめんなさい」と素直に言って、それで世間も通る。

他人にどう思われても、自分の実像は変わらない。爪先《つまさき》立ちしたり、厚塗りの化粧をしたりしても、素顔は素顔なのだという現実を自覚すれば楽に生きられることが多い。

――「自分の財産」

「自足」とは、やたらに欲しがらないこと

衛星放送というものを見るようになってから、私は夜遅く、もう読書をしようにも眼が疲れて困るというような時に、今まで見なかったおもしろいテレビ番組を見る習慣ができた。

その中でも好きなのは、動物の習性を見せてくれる番組である。アフリカの肉食獣はその本性として、他の動物を追いかけて捕まえ、首に噛みついて窒息死させてから食べるようになっているものが多いという。

最近のテレビの撮影技術は、まるで私が実際に象やライオンの二、三メートル近くにいるような錯覚を与えてくれる。事実、チータなどの中には、撮影用の四駆の屋根の上にまで平気で上がるほど人馴れした（文明馴れした）ものもいるらしく、私はあまりにも人間が野生の中に踏み込み過ぎて、彼らの自然な聖域を犯しているのではないか、と考えることもある。

しかし爬虫類でも、昆虫でも、人間に教えるところは実に多い。それは彼らの生き方が

自足している、という実態である。

「自足」とは、自分が必要とするものを、自分で取ってくることであり、やたらに欲しがらないことでもある。

ライオンは、お腹が空けば、自分で狩りをするほかはない。ライオンは牝《めす》が狩りをする。シマウマやレイヨウなどに風下から近づいて、一気に襲って相手を仕留めるには牝の細い体型が有利なのである。牡《おす》の大きなたてがみは、草の中に身を沈めても目立ってしまうから狩りには不向きで、牝が獲物を仕留めると、後から牡が出て行って真っ先にご馳走を食べるというのが習性らしい。

こういう仕組みは、別に心がけの問題ではない。心優しいライオンは、レイヨウを食べずに草を食べるというわけではないのである。自然は、このように残酷な姿を原型として留めながら流転している。

――「人生の原則」

自分の体に合う「薬」とは、どんなものか

五十歳前後の頃、私は初めて膝に痛みを感じた。整形外科では一度だけ少量の透明な水を患部から抜き、年齢を理由に回復は望めないようなことを言われた。しかし私はまだその頃、アフリカと近東に関わりはじめたところで、時々、グループで調査旅行にも出ていた。途中で日本料理まがいのものを作るのは私の仕事だったが、そのためには手持ちの缶詰や乾物を、毎日のように整理するので、床に膝をつけないような体では使い物にならなかった。

病院からも見放されたので、私は仕方なく漢方の本を読み始めた。そしてごく穏やかに血流を促す薬を自分で選んだ。飲み出して数十日後にふと気がつくと、膝の痛みはほぼ消えていた。

もっとも私はすべて自己流で薬を飲んだのではない。漢方医にもかかったのだが、その時今でも忘れられない、良い言葉を教えられた。

「薬というのは、飲んだ翌朝、『ああ、またあの薬を飲もう』と思うようなものが、体に

合っているんです」

このごろしきりに、医師にもらった薬が合わないのだが、悪いから仕方なく飲んでいる、という言葉を周囲で聞く。特定の量を飲み続けなければ効かない抗生物質のようなものは別として、体が拒否するのだったら主治医にそう言ってやめればいいのである。

私は近年、与えられた薬を飲んで、二度もひどい副作用が出た。一度は指先の力が抜け、朝ご飯の時トースト一枚を指で摘《つま》めなくなった。もう一度は地方から羽田空港に帰り着いた時、頻脈《ひんみやく》と呼吸困難で歩きにくくなった。前者は気管支拡張剤、後者は一種の鎮痛消炎剤の副作用である。どちらも飲み止《や》めたらすぐ平常に戻った。

それ以来、私は草根木皮《そうこんもくひ》を煎じて飲む原始人に還《かえ》ったのだが、生き抜くには、肉体的にも精神的にも、時々権威や、世論や、周囲に、個人の責任において逆らうことも必要らしい。心と体は誰より自分に語るものだから。

――「人は怖くて嘘をつく」

苦労を喜びに変質させる知恵

人間は、順風満帆《じゅんぷうまんぱん》の日々を喜ぶことはできても、苦難の日々を喜ぶことはできない。うまくいかないことがあれば、不平・不満を述べたてる。それが人間です。でも、イエスは「喜びなさい」とおっしゃる。

思えば、私たちは実社会で「喜びなさい」という命令をあまり聞いたことがありませんね。現代では、不平・不満を述べたてる技術は学びますが、喜ぶという技術は教えられない。だから、ちょっと戸惑ってしまうところでもあります。

私たちは、不幸な状況にあっては、心からは喜べないけれど、たぶん理性で喜ぶべき面を見出すことはできる。そうして苦労を喜びに変質させることによって、現状への不満から生じる無益な不幸感を払拭して、困難に立ち向かう力をもらう。そのことが幸いなのだということですね。逆に言えば、どんな状況でも喜ぶべき面を見出すのが、人間の悲痛な義務だということです。

――「幸せは弱さにある」

「粗食のすすめ」が人口を増やす理由

飢餓《きが》に襲われるような社会状況では、子供も生まれないだろうと私は思っていたのだが、専門家の話では、人間は食糧不足で栄養状態が悪くなると、逆に受胎能力が上がる、というのである。動物は、種の存続の危機を感じると、個体数を増やそうとする力が働く。とすると日本の人口を増やすには、粗食を勧めるといいのだ。一汁一菜運動を始めるだけでも事態は変わってくることになるとしたらおもしろいことである。

――「人生の醍醐味」

生活保護を受けている人が増えた理由

私も、人間の社会で運は大きい、といつも思っている。今まで飛行機事故に遭《あ》わなかったのも、ひたすら運の結果である。だから幸運でも思い上がらず、不運に遭った人にはちょっと手をさし延べるのがいい。

ただ最近の世の中では、基本的発想がくずれて来た。たくさん働いた人と怠け者が同じ結果を得るのではおもしろくない。さんざん遊んで浪費した人と、爪に火をともすようにして倹約して来た人とが、同じ老後の経済状態になるのでは、正義が通らない。

しかしその点は無視されたのである。平等はどんな人にも平等でなければならない。だから私たちの周囲には、生活保護を受けている人が増えた。現在の貧しさの原因が、その人の心がけが悪かったからであろうと、現在食べて行けない人を、私たちは支えて行くことになる。

――「人生の原則」

衣食住が満たされているが故の苦しみ

鬱には断食がいいだろう、と私は今でも思っている。日本では、安全が普通で危険は例外だと思っていられる。飽食はあっても飢餓がない。押し入れは物でいっぱいで、部屋にあふれた品物が人間の精神をむしばむ。

もちろん世の中には、お金も家もなくて苦労している人がいるが、それより数において多くの人が、衣食住がとにかく満たされているが故に苦しんでいる。

人間の生活は、物質的な満足だけでは、決して健全になれない。むしろ与えられていない苦労や不足が、たとえようもない健全さを生むこともある。このからくりをもう少し正確に認識しないといけない。

――「自分の財産」

幸福と縁のない男

四年半の結婚生活を思うと、春子はしかし、自分の選んだ道は成功だったようにも、失敗だったようにも感じていた。雄一は仕事熱心だという。披露宴の時に課長さんがそう褒めてくれたのは、ご祝儀としても、他の誰もがそう言うのだから、まちがいなかろうと思う。仕事が終れば真直ぐ帰って来る。つき合いで飲んで来た時には、はっきりとそう言う。女の疑いを感じたこともなければ、浪費家でもない。だから、皆は口を揃《そろ》えていい夫だと言うのである。

只《ただ》、雄一には、家族を喜ばせるとか、楽しませるとかいう気分が、皆無なのであった。それどころか、理由はないのだが、彼は、女房子供の喜ぶことをしたら、損になるか、自分の威厳が失われるとでも考えているらしかった。結果的に見ると、彼は常に、人並みな生活を、妻子に許すのである。しかしそれは、他人の眼に対して、あまり体裁の悪いことをしたくないためで、それについて家族が幸福を感じるようであってはならないと思っているようであった。

酒を飲むと、雄一のこの性癖は拡大された。彼は、春子の器量がよくないと言ったり、彦太郎はどうせ大したものになる訳はないと言ったりした。

「でも、この年で、もう自動車を全部正確に見分けられる子なんか少ないわよ」

春子は時々本気で、夫の態度に抗議することもあった。

「自動車くらい見分けられて、何の職業に就けるというのかね」

そう言われると春子は詰ったが、この人は何という、幸福と縁のない男だろう、と思った。多少、親バカであろうとも、子供には「彦太《ひこたん》は偉いねえ」と讃《ほ》めてやり、女房には「おい、うちの彦太は将来、大物になるかも知らんぞ」と嘘に決っている夢を二人だけでこっそりつないだって、少しも悪いことはない筈だ。

――「夫婦の情景――草むらの秘密」

疲れをも吹き飛ばす「足し算の幸福」

私たち日本人は、水汲みに行く必要もなく、水道の蛇口をひねれば水があふれるように出て、飲める水でお風呂に入っているし、トイレにも流している。言ってみれば、ワインのお風呂に浸かって、ワインで水洗トイレをきれいにしているようなものです。お湯が出るなんて、王侯貴族の生活です。自分の努力でもなく、そういう贅沢をしていられる国にたまたま生まれさせていただいた。その幸せを考えないではいられません。

そうすると、少しぐらいの不平や不満は吹き飛んでしまうんですね。これが私の言う「足し算の幸福」です。自分にないものを数えあげるのではなく、今あるものを数えて喜ぶ。そんなふうにスタートラインを低いところにおけば、不満の持ちようがないと思うのですが。

今の日本は、みんなの意識が「引き算型」なんですね。水も電気も医療もすべて与えられて当然、と思っているからありがたみがまったくない。

――「思い通りにいかないから人生は面白い」

老人が世間に報いられる〝たった一つのこと〟

老人ホームに行くと、「苦虫を嚙み潰したような」おばあさんがよくいるが、それは彼女がすでに人生に対する求愛の情熱を失っていて、お化粧もしなければ、少し目新しいシャツを着ようという気もなくなったからだ、というばかりではないだろう。そのような老人は、つまり、常にどこか肉体的な不調があって、それに耐えるのに精一杯だからなのだろうと思われる。

しかし、老人になってたった一つ世間に報いられることは、せめて機嫌のいいおじいさん、おばあさんでいることなのだ。そうすれば、社会も老人たちの生活を維持することに、それなりの興味や情熱を持ってくれる。

――「人間にとって病いとは何か」

桜は切るべきか——二者択一の原理

自分か他者かどちらか一人しか生き残れないというケースは、人生にいくらでもある。法曹の世界では、「カルネアデスの板」という発想がある。古代ギリシャの哲学者、カルネアデスが出したといわれるもので、船が沈没したとき、ひとりの男が一枚の板にすがって漂流している。しかしそれは非常に小さい板で、ひとりの人間を浮かす力しかない。それを目がけて、近くから別の人間が泳いできてその板を奪おうとする。しかしその場合、最初から板を保持していた男は、後から泳ぎ寄ってくる別の男を突き放して板を確保することができる。その結果として、泳ぎ寄ってきた男は溺死《できし》する可能性もあるのだが、後者の死に対して最初の板の保持者は、責任を有さないという原則である。これがもっとも厳密な二者択一の原理なのであろう。

ところが最近の人々は誰もが傷つかない、誰も死なない、いつまでも死なないという「架空の現実」を信じるようになった。

そんなことはあり得ないのだ。畑をつくるためには森を切らねばならない。切った木の根を処理しなければならない。私たちは自分の部屋の乱雑さに嫌気をさして、ときどき「片付けが必要だ！」などと自分の心で叫んでいるが、自然もまた整理が必要だ。森のままにしておくか、それとも切り拓いて畑をつくるか、二者択一なのである。その場合、木が犠牲になることもある。

一時、日光かどこかの有名な観光地で道路わきに生えている桜の大木が道路拡張の邪魔になるという話が新聞記事を賑《にぎ》わせたことがあった。桜の命を大事にしようとすれば、その部分だけ道は細くなり、ほとんど一車線分の機能が消失してしまうだけでなく、交通事故も起こりやすくなる。それで世論は沸騰したのである。新聞の投書に載った多くの意見は、桜は切るべきではないというものが多かったように思う。しかし私は反対だった。桜は切ればいいのである。そのかわり一本切ったら邪魔にならない場所を選んで二本の若木を植える。その原則を守れば、桜などは生長の早い木だからすぐに大きくなる。道路の機能化は人間の命を守り、当時はそんな発想もなかったが、地球温暖化を防ぐひとつの要素にもなる。

――「人は皆、土に還る」

同じ日本人なのに、ちぐはぐな会話

大体日本の気象予報は、お節介すぎる、と外国で暮らしているたいていの人は言う。寒くなるだろうから羽織るものを持って行け、とか、洗濯物は今日中にした方がいい、というような指示をする国はないらしい。私が驚いたのは、

「今日は夕方から天気がくずれますから、折り畳み傘を持って、お出かけください」

と言ったアナウンサーが、突然どこかからほんとうに折り畳み傘を出して見せたことだった。日本人に日本語が通じなくなっているという現状は、こういう仕草にも現れているのかもしれない。日本人は、ジェスチャーを伴わなければ何も理解できなくなっているらしいのである。

お湯を沸かすには、電気ポットだとしか思っていない二十代の女性がいた。

「でも停電になったら、電気ポットじゃお湯が沸かないから、薬罐《やかん》は要るんじゃないの?」

と私が言うと、「どうしてですか」と聞く。

「だって電気ポットじゃ緊急時の竈《かまど》とか焚き火の上に載せられないじゃない」

と言うと、それでも一瞬わからない顔をした。つまりこの人は、停電という状態を想像できないので、その中で飲み水を沸かすにはどうしたらいいか考えたことがないのである。

「もっともお鍋があれば、お湯は沸くわね」

と私が言うと、「え!?　ポットでなくて、お鍋でお湯を沸かすんですか?」と尋ねた人もいた。

「そうね、私はよく沸かすわ」

と言いながら、私も次第に会話を続けるのに疲れて来た。外国人となら、文化の違いを教えるという目的のために辛抱できたかもしれないが、同じ日本人との間でどうしてこんな会話をしなければならないのかわからない。

——「人生の持ち時間」

黙々と食べては「家具」になる

長寿社会になると、年を取っても元気でいたいと願う人が増えるのも当然なのだが、実は私の性格としては、自然の変化に逆らうことはないと考えて暮らしてきた。私は「頑張る」ということがあまり好きではなくて、その年なりに生きればいいと思うのだが、いわゆる「ぼけ」の徴候は、事前にかなりはっきりと表れるものだということを、この頃時々感じるようになった。

よく知っている人の名前、地名などがすぐ出てこない。前日の昼ご飯に食べたものを思い出せないというのは、それよりさらに早くから出てくる兆しで、私も人並みに体験しているが、その他にも典型的なぼけの予兆のようなものがいくつかあって、それはどの人にも同様に出てくる症状のようである。

一つは寡黙になることである。会議の席でも何も発言せず、食事の時にも黙々と食べるだけになる。人間が家具みたいになるのだ。これは子供の時から、「食事の時には、分際を考えながらちゃんとお話をしなければいけません」というしつけをしない日本社会の弊害の結果でもあるかもしれない。しかしとにかく人間は、喋《しゃべ》りたくない時でも、義務として少しは会話をしなければいけないと私は自分に命じている。

老化の兆しは、周囲や他人の存在の意識が希薄になることらしい。その結果、不思議な利己主義が発生する。エスカレーターを出て数歩のところで人の動きを平気で邪魔しながら、立ち止まって考えている。自分が買い物をするとき、売り場の前に漠然と立って、背後で商品を見たいと思って待っている人の気配など、全く感じないような鈍感な人になる。男女にかかわらずこの周囲無視の弊害は発生する。耳が遠くなって、気配というものが感じられなくなるのかもしれない。

――「人は怖くて嘘をつく」

自分を信じてはいけないのか

「よかったですね。戦争がなければ、死ぬ筈の人間も生きるし、あの時は生きる筈の人間も死にましたからね。おもしろいもんですね」

釣師はそれから急に思いついたように尋ねた。

「それで、あなたは江和を玉砕場まで、お連れになった……」

「連れて行きました。もう戻るに戻れなかったからです。それに皆の所へ行けば、何とか治療の方法もあるかも知れないと思う気持もありましたが、しかし本当はその頃、何を考えていたかよくわからんです。それと、砲撃が再び激しくなって、身を伏せた時、私は――偶然そうなったのかも知らんが、反射的に江和の体を土嚢《どのう》のように防御物にしたことがあった。私は泥の中から這い上った時、このことを生涯忘れてはいけないと思ってました。もし生きのびても、自分は一生、自分を信じてはいけないと思いましたな」


――「切りとられた時間」

捨てられた「数え年」の習慣

まだ私の幼い頃、祖母や母たちは「数え年」で自分の年を計算していた。ゼロ歳という観念はない。生まれるとすぐ「一つ」で新年が来ると誰もが一つ年をとるから、幼い子供もすぐ「二つ」になった。小さい時は、年を取るのが嬉しく、少し年を重ねると皆若く言いたいから、こんな数え年の習慣は今は捨てられてしまった。

――「イエスの実像に迫る」

「その看護師は女性ですか、男性ですか」

最近の名称の変更で一番愚かしいのは「看護師」である。看護には女性がいい場合と、男手で力が要る場合があるだろう。緊急の場合に「その看護師は、男性ですか、女性ですか」などという愚問を発するようにしたのだ。

こうした名称の変更は、ほとんどすべて女性団体の力によるものだという。人間は男か女のどちらかなのだ。圧力で呼称を変えさせても実質とは関係ない。私は「女性運動」の講演会には行かない。それこそ性差別の表れだからだ。

――「国家の徳」

随分失礼な「性的弱者」の意味

性的弱者とは何かと思って調べてみたら、「性的魅力に劣るなどという理由で、他者から恋愛・性愛行為の対象として選択されにくいもの」なのだそうだ。随分失礼な分別の仕方だ。他人のことを「性愛対象にならない」と決めるなどというのは、全く余計なお世話である。日本には昔からもっと素敵な優しい言葉があった。「タデ食う虫も好き好き」というのだ。タデというのは、苦味だか辛味だかがあって刺身のつまにする植物らしいのだが、私は多分食べた事がない。しかしこのクセのある味を好んで食べる虫もいる、という解釈で、人の相性だか、異性に対する好みだかは千差万別。つまり人の美点はそんなに簡単に万人に見えるものじゃないよ、という事である。

だから世間通りがいいかわいい子ちゃんでなくても、もてる場合があるのだ。実に希望に満ち、個性豊かな社会を表している。それを一概に弱者などと決めつける方が貧困な発想だろう。

――「人生の退き際」

病人とも思えない滑稽な頭のめぐらし方

死の一週間ほど前、まだ昏睡に落ちる前だが、彼は時々いつもの彼らしい片鱗を見せた。

看護師さんのお世話になる時、私は、

「ありがとう、を申し上げないの？　ありが二十《にじゅう》は？」

と言うことがあった。入院する前、朱門は近くの老人ホームにショートステイで「お泊まり」をする体験をした。そこで若い看護師さんに習って来た流行語ではないかと思うのだが、その時から「ありが十《とう》」ではなくもっと深い感謝を示す時に「ありが二十」という「若い子ちゃん風」の言葉を使うようになった。

私が促すと朱門は低い声だったが、穏やかな表情で「ありが四十」と言った。すさまじいインフレーションで、感謝の度合いは倍々ゲームで増えていたのだが、それも彼独自の数の感覚を盛り込んだ表現だった。彼はまわりのすべての人と、日本の社会にも感謝していたのである。

間質性肺炎《かんしつせいはいえん》という病気は、肺機能の変質で治らないものと言われている。血中酸素が足りないから時々意識の混濁がある。自宅をなぜか五反田にある、と言い張るので、私は何度目かに、「五反田の家には、何という女の人がいるの？」とふざけて尋ねた。「五反田の彼女」の名前を聞かれると、朱門は黙った。数秒間、けなげな沈黙が続いたあげく、

「あやこさん」

と彼は答えた。いい加減に別の名前―花子さんとか葉子さんとか――を答えておいて後でとっちめられたら大変だ、と彼は酸素不足の頭でもとっさに考えたのであろう。病人とも思えない滑稽《こっけい》な頭のめぐらし方だが、そうしたユーモアに根ざした反応は実に朱門らしい反応でもあった。

――「夫の後始末」

6

人が落ち込む理由

「自分は不要」と思うと人は落ち込む

元気な老人から元気を奪いたかったら、何もさせないことだ。人は他人のために役に立っていると思えれば、年齢に関係なく終生現役でいられる。たとえいささかの病気を持っていても元気なのである。自分は不要と思うとその日から人は落ち込む。

そのために、「老後を遊んで暮らす」というのは間違った思想であることを、認識させなければならないだろう。

ただ若い時と違って、老人は体力もなくなるから、毎日は続かないかもしれない。ただし収入は若い時ほどなくても、才覚でカバーできる面もあり、子供も成人しているから大きなお金の使い途も大体終わっている。だから収入の多寡はそれほど問題にしなくてもいいはずだ。ただ自分のささやかな楽しみのための費用くらいは収入としてあると、行動が楽になって、心がのびやかになる、というのが普通の人たちの心境だろう。

老人介護の一部を、老人同士で担うという工夫がもっとあってもいいだろう。

一人暮らしは誰にとってもいいものではないが、ことに高齢者にとっては辛《つら》いものだし、精神的加齢が進む原因になる。「だから病院通いをする人が多いんですよ。病院へ行ってお医者さんに話を聞いてもらって、ついでに待合室で知った顔とお喋りできるんですから、どれだけ待たされてもいいんですよ。病院は冷暖房完備ですからね」という言葉が出るわけである。しかしだからといって、医療機関が高齢者に「占領」されて、機能の一部をまたげられていいというものでもない。

話し相手さえあれば、孤独はかなり和らげられる。そして生きる楽しさも増すということは、私たちがよく実感するところだ。話し相手なら、双方で気が合えばそれでいいのだ。資格も要らない。「お話し相手」の役目に、いくらかの報酬を出すのも一つの方法だが、特にお金の授受はなくても成り立つ場合もあるだろう。話し相手に行く方に、少しだけ時間とお金のボランティア精神があれば充分だ。お茶とお菓子くらい、どちらかが用意できるだろう。二人でお茶を飲むだけでも世の中はずいぶん楽しくなる。

――「自分の財産」

「人をいじめる」という人の特徴

人をいじめるという性格は、一つの特徴を持っている。強いように見えていて、実は、弱いのである。「自分は自分」という姿勢がとれない。

弱いとは言っても、病弱なのではない。特に容姿が劣っているわけでもない。子供が病気なのでもなく、夫が失業しているのでもない。強いて言うと、当人に、「特徴」がないのである。

人間は誰でも、何か一つ得意なものを持っていれば、大らかな気分になれるものである。女性の場合、他人は知らなくても、簿記とか栄養士とかの資格を持っていたりすると、仲間の裁縫の上手な人に、「あら、いいわねえ。自分でお寝巻が縫えるなんて。私お裁縫てんでダメなの」と穏やかに言える。ホメられた相手は気分がいいからいい関係が生まれる。

——「人生の原則」

困りたくなければ何もしないのが一番

我が身に困ったことが降りかからなければいい、ということになると、何もしないのが一番で、何もしない限りは安泰、という判断になります。人生はいつもある程度の危険と引き換えにして、初めて何かを得られると私は思っているんです。もっともこういう見方を人に押しつける気持ちは全くありません。これは生き方の趣味の問題ですから。ただ、すべてのものには対価を支払わなければならない、というのは私の基本的な考え方ですね。

――「人間の基本」

「初診なら一を……」長々と不愉快な電話受付

先日、ノドが痛くてたまらなくなったので、近所の病院に行った。すると受付で「予約はありますか？」と聞かれた。私は根性が悪いので、こういう質問をされると、むらむらと反抗心がわく。

「病気は突然なるものですから、予約はしていません」

「予約がないと無理なんですよ。今日の夕方五時半からなら時間をお取りできますが」

私はほっとした。

「それなら、その時間に出直してきますから、お願いいたします」

「ここでは予約できないんです」

私は自分の耳を疑った。私は現にその新築病院の受付に来ていて、受付の人は目の前のコンピューターを見ながら、何時ならまだ空いている、と言ったのだ。

「電話で予約してください」

と言われて、携帯を持っていない私は、「外の自動車にいる人からおかけしろということですか？」

と尋ねた。

「そうです」

何となく茶番劇のように思えたが、私はあえて反対せず外へ出た。運良く車は秘書が運転してくれていた。私は七十代後半には、運転をやめたからである。彼女はたった数メートルの場所にある医院を電話で呼び出したが、それからが大変だった。

代表にかけると、初診なら一を、再診なら二を、という式のもっとも不愉快な電気的質問がながながと始まる。秘書はやっと診察券番号を入力してください、というところまで来て、キーを押し間違い、また最初からやり直すことになった。すると今度はお話し中で繋がらなかった。

この手のネット組み込み社会に対応しきれない世代はまだ多量に生き残っているが、それがわからない医者もまた実に多いのだろう。私は怒らずに、もうその医院には行かないことにした。


――「人生の醍醐味」

妻を寝取られた男の屈辱

実は私は現代の日本で、何例も、妻の姦通を知りつつ、あたかも自分が妻とその男友達との関係を認めていると装うことで騒ぎが大きくなることを防いでいるように見える夫を知っている。その背後にはどんな事情があるのか、よそ者の私には判断つかない。妻が不貞であることを、こうした夫たちの多くは、賢いから知っている。それを「自分が認めているのだから、それは姦通ではないのだ」という形にかっこづけをするのである。
そうすることで、彼らは寝取られた男の屈辱から逃れようとするのか。それとも夫の方にも実は秘密の女性がいて、妻がどこかに行ってくれている時が、情事に最適と考えるのだろうか。

――「イエスの実像に迫る」

母という偉大な主婦との永遠の別れ

母は八十三歳で亡くなるずっと以前に脳軟化の兆候があり、それ以来少しずつ知的活動の量が落ちていた。初め私は、きりきりと頭の働く母が生きながら死んで行き、同じ顔をした亡骸《なきがら》がそのまま生きているような奇妙な感覚に苦しんだが、次第にそれは母に与えられた最後の安らぎだと思うようになった。人一倍心配性だった母は、もう少しも心配しなくなっていた。私が重大な眼の手術を受けた時も、気にかける気配は見せなかった。

そのあたりで私はやっと、母という偉大な主婦がいなくなったことも自覚したのだろう。何とかして自分一人で家を切り回して行かねばならなくなったのだと思うようになった。家の整理から食事作りまで、すべての責任が私の肩にかかって来たのだが、それは五十歳に近くなってからだから、ほんとうは甘える時間は長過ぎたのである。

――「人生の原則」

「姑《しゅうとめ》に長い間、いじめられましたから」

私は景色が見えないかつての私と同じような視力障害のある人たちと、イスラエルへ行って、私がラジオの実況中継のように言葉で状況を説明をしながら旅をしてもらいたい、と思うようになった。結果的にそういう旅を、私は都合二十三回したのである。

初めは視力障害者だけだった旅は、その後、車椅子の人たちも増えて、ボランティアとして支える同行者は、障害者の入浴の手伝いもするようになった。私たちの旅行の特徴は、ボランティアをする側と手助けを受ける側とが全く同じ費用を払っていたことだ。

脳梗塞の後などで、全く体の動かない人に入浴をしてもらうには、力と技術がいる。力の方は、その時々で松下政経塾の塾生たちや、私が勤めていた日本財団の職員がやってくれた。しかしうまく体を洗うには、特別なこつが要る。ある年、私たちは自然に一人の婦人が教えてくれるやり方で、全く四肢を動かせない女性に毎日入浴をさせるようになった。

「あなたのおかげで、皆が楽にお風呂に入れられるのよ。どうしてこんなによくこつがわかっていらっしゃるのかしらね」

と私は何気なく礼を言った。

「姑に長い間、いじめられましたから」

とその人は言った。しかしその語調には、もはや暗い恨みがましい響きはなかった。

「そうだったんですね。そのお姑さんのおかげで、今、日本のご自宅ではシャワーしか入れなかった方も、こうしてお風呂に入れるようになったのね」

その人の眼からその時、涙がこぼれた。何年もの後の、ほんものの姑との和解の涙だったのだろう。ほんものの平和には、多分苦い涙と長い年月の苦悩が必ず要るのである。


――「人生の原則」

人間は放っておいても十分に「利己的」だ

大震災の後、「京都五山送り火」の一つの「大文字」が、千五百人を超す死者を出した陸前高田の松で作った護摩木《ごまき》に、放射性物質が付着しているかもしれないからとして一旦は拒否し、その後世論の非難を浴びると折れて受け入れを決めた。こういう時に、意思決定がぐらつくのは、信仰も哲学もなく、人道の本質も分からない知性と勇気のなさを示す一つの典型だろう。

勇気は、自分がいささかも傷つきたくないという人には、全く持つことのできない徳である。人間は放っておいても十分に利己的だ。その上に日教組が戦後「人権とは要求することだ」と教えたので、ますます自分の利益はいささかも譲らないことを当然とする大人が増えた。

——「国家の徳」

「孤独」が人間を鍛える

人間は平等である、と望んだとしても、現実にはどこまで行っても人間は平等ではありません。しかし細部で、平等であるように心がける。その二つをごちゃまぜにして、平等でないとなるとたちまち不平不満を訴えるのは、現実を見ていないいんでしょうね。

何事にも一面だけではなく、善悪両面があるものです。最近「孤独」が社会問題視されていますが、人とのつき合いが私たちを豊かにするというのも本当なら、孤独が人間を鍛えるというのも、試練が人を強くするというのも真実です。人間は、誰もが平等ということはあり得ないし、皆がいい子どころか全員が悪い子の面を持っているし、あらゆる人は狡《ずる》くて悪い性格も持っています。誰もが悪いけれども、誰もが時にすばらしい面を見せる可能性を秘めている、それが人間なのです。

——「人間の基本」

なぜか人を押しのけて先に出たがる人たち

どうも世の中には、自分から人を押しのけて、先に出たがる人が実に多いらしい。ほんとうは自分が上席にすわるべき人物かどうかも分からない。上席にすわるべき時は自分が決めるのではなく、招いた人が薦めてそうさせた時のみだという点が分かっていない。「だれでも高ぶる者は低くされ、へりくだる者は高められる」（ルカによる福音書14・11）というのがその根本の思想である。

現実問題としても、先頭を走ると風あたりが強くて、直感でものを判断しがちになる。反対にゆっくり走ると、周囲が倍の濃さで認識できることも多いのだ。

しかし私はここで、どちらがいいと優劣を決めようというのではない。ただ自分の資質に合った走り方をしないと不幸になる、ということだ。

――「自分の財産」

生きる意欲がなければ治るものも治らない

医師は多分、どんなに性格の悪い患者でも、治せば喜びを感じてくれるだろうと思う。しかし病気を治すという一種の「事業」は、医療関係者と患者の連携した仕事である。栄養をよくすることとか、体の清潔とか、何より、その患者に生きる意欲がなければ、治るものも治らない。

――「人間にとって病いとは何か」

非常時に脱出の手伝いをしないといけない飛行機の座席

ひさしぶりに仕事で国内線の飛行機に乗った。切符は講演の主催者が送ってきてくれたものである。私は長時間の旅でないかぎり、座席はどこでもいい。14Dという席に座ると、乗務員のお嬢さんが来て私に言った。

「この席は非常時に、脱出のお手伝いをしていただくことになっております」

それらしい説明書が、座席の前のポケットにも入っている。私は言った。

「それはできません。ごらんの通り私は高齢者で、ちょっと見はわかりませんが、足に軽い障害もあるんです」

ほんとうは、いざとなると私は逃がさなければならない幼児を、脱出シュートの方に向かって、ほとんど「投げる」ようにして脱出を助けるバカ力も発揮できるかもしれないが、それを引き受けるのはまた、無責任だと感じたのである。

「それでしたら、最初から、この座席を避けるように、おっしゃっていただきたいんですが……」

言われて私はびっくりした。

「一般の旅行者は、この列の席には、脱出時に介助の義務があると事前には知らないと思うんですけど。ことにこの切符は、仕事先から送られてきたものです。私が自分で座席を指定したわけではありません。私は番号に縁起を担いだりしませんから、どこでもいいんです」

言いながら私はおかしくなってきた。すぐ二列ほど前の座席が空いていることが見えたからである。

「前の座席に移っちゃいけないんですか。そうすれば、脱出時に、この列には誰もいないわけですから、空いてて誰でも逃げやすいということでしょう」

私はそう言って席を移ったのだが、同じ日本人同士でありながら、どうしてこんなに杓《しゃく》子《し》定規な会話を交わさなければならないのか不思議だった。初めから「それでは、今日はこちらのお席が空いておりますから、お移りくださいますか」と言われれば、私はその通りにする。こういう解決の方法は、才覚とまでいわなくてもいいほど単純な心遣いと、明確な目的の把握があればできるはずだと思う。

——「国家の徳」

自分のことをやたらに隠したがる人

世間には、さまざまな苦しみがあるが、その一つのタイプに、自分のことをやたらに隠したがる人がいて、いつでも、自身や家族、果ては遠い一族のことまで、病気であれ、貧しさであれ、性的な不始末であれ、ひた隠しにしなければならない、と恐れている。

およそこの世で起こり得ることは、自分と周辺にも同じように起きて当たり前だ、とはこういう人たちは思わない。何とかして他人の悪口の対象にならないために、マイナスの要素はすべて隠そうとする。

しかしそれは多分世間というものを見据えていないから、そうなるのだろう。同じような苦労は世間に転がっているはずだ。

――「自分の財産」

限りがない物とお金への欲求

物とお金に対する欲求は限りがない、という例を、私たちはよく見かける。すでに充分な財産持ちなのに、さらに親が死ぬと、「残されたわずかな分け前」まで当てにする、というケースは多い。しかも、その「わずかな分け前」は、兄弟姉妹と醜い争いの結果、手に入れなければならないものであったりするのだ。

憎しみまで動員して手に入れたお金の代償が、現世での血縁との別離であったりする現実を知ると、私は不思議な気がする。もしかすると、こういう単純な欲求が強まる時は、その人は少しばかり肉体的に不健康なのかもしれない。

人間の生き方には、配慮と計画が要る。それができることが健康のバロメーターといえるのだろう。

——「人間にとって病いとは何か」

「知らないことだらけ」が当たり前

老人になればなるほど、若い時と違って、身ぎれいにしていなければならない、というのが、奥さんの意見で、私もそれに賛成でした。

「でも、めんどうくさいわねえ」

奥さんはすぐに、こうも言われるのでした。

「構うから、きれいだ、なんていうの、本ものじゃないわね。ほっといても、美しいという人が、本当の美人よ」

「そんな人、いやしませんでしょう」

「そうかしら。どこかには、いるような気がするけど」

「私が前にいましたお宅の奥さん、きれいな方でしたけど、やはり、それだけ、手をかけていられましたよ」

「そう?」

「毎晩、かならず、お顔のマッサージをされますしね。お化粧は、どんなに早い日でも、三十分はかけておいででした」

「梅田さんに、教えてほしいんだけど」

こういう時の奥さんは、好奇心の塊《かたまり》のようになっているように見えました。

「三十分も、お化粧にかけるって、そんなに何をすることがあるの？　私ね、どんなにゆっくりやっても、五分以上することがないのよ」

「私も、ずっと見ていたわけじゃありませんけど」

私は言い訳しました。

「ですけど、いろいろなさることがあるようですよ。毎日、眉の形を、ほんの少しずつですけれど整えられますでしょう。睫毛《まつげ》も、その奥さんのは、ほっておくと下向きになってしまうんだそうです。ですから、くるりと上向きにするのは、髪と同じで、セットしなければなりませんでしょう」

「そんなに、むりやりに睫毛を巻き上げて、ゴミは入らないのかしら」

「さあ、わかりませんねえ。入りそうに見えますけどねえ」

はたから聞いていたら、こういう会話は、さぞかし、おかしく見えましたでしょう。

「梅田さん、愉快ねえ」

奥さんは、心からおもしろがっている風情で言われました。

「私なんか、睫毛を巻き上げたら、ゴミが入って困るかどうかもわからないまま、死んでしまうんだわ」

「そんなこと、大したことじゃ、ございませんですよ。私なんか、どうして電気が、電球の中で、光になるかもわからないまま、死ぬんですから。毎日毎日、電気はつけてますのにね」

「私もそうだわ。梅田さんや私みたいな人、あちこちにいるんでしょうね」


——「残照に立つ」

「うちのおばあちゃん」の面倒、誰がみる

老人問題は、今や老人だけの課題ではなくなっている。老々介護にも限度があるとすれば、若い人の手がそれに費やされるからだ。せっかくフィリピンから朗らかな娘さんたちが介護の手伝いに来てくれていたのに、漢字の国家試験に通らなければいけないという制度を作った官僚は一体どんな愚かな人なのだろう。

昔から「うちのおばあちゃん」の面倒は、うちで見てきたものだ。忙しい農家や商家のお嫁さんも、高校に通っている孫娘も、専門的な医学の知識などありはしない。面倒見も片手間でやってきた。それでも優しさがあれば、それが最大の介護だった。

老人の方も心がけが悪くなった。年を取っていささか預金があれば、たとえ健康でも、洗濯・掃除からご飯作りまで人にやってもらって、ホテル暮らしのような生活をする権利がある、と思うようになったのだ。

――「自分の財産」

7

生き方は比べられない

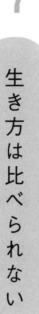

どんな人生の生き方も比べられない

一人の人間が、生の盛りを味わう幸福な時には、死は永遠のかなたにあるように見える。しかしその同じ人が、必ず生涯の深い黄昏に入って行く時期があるのだ。それでこそ、多分人生は完熟し、完成し、完結するのだ。だから人は、「さみしさ」を味わわなくてはならないのだ。私はもうその経過をいやと言うほど多く見て来た。

私は人と比べると、ややいびつな子供時代を過ごし、その結果、性格もかなりひん曲がったのだ、と自分で思っているが、それはそれで一つの人生なのである。どんな人生の生き方も比べられない。比べることに意味がない。どれも「それでよかった」のだから。

私は子供の時からいつも死を思い、どのように辛さに耐えて、自分が好きだった人たちと別れるかを、繰り返し心の中で反復練習する癖があった。しかしこんな練習はいざという時全く役に立たないだろう、と自分をあざ笑うような気持ちも同時に持っていた。

——「人間の愚かさについて」

正しい愛の形とは

寛は早々に家に帰ると、そのまま自分の部屋に入りこんで、電灯もつけず、ごろりとベッドに横になった。恐ろしく明瞭に、寛にはひとつの答えだけがわかっていた。それは、今でもなお、耀子よりは和江のほうを愛しているということであった。それは寛には卑怯なことに思えた。そして、こんなにもうろたえている自分を、そうとも知らずに信じている耀子が、寛は今となっては不憫だった。寛は愛という言葉に含まれる途方もない大きな拡がりを、今改めて思い知らされたような感じだった。心のうちはどうあろうとも、今は耀子に対する責任と信頼を裏切らないことこそ、本当に正しい愛の形ではないかとも思えた。寛は和江にも、今さら生半可《なまはんか》な情をかけるべきではない、と思った。和江に対して、今も変らない愛情をもっている、とうちあけるよりも、彼女には、深水寛は薄情な男だったと憎ませておくほうが、どれぐらい心のささえになるかしれない。

――「春の飛行」

一生とは「不備を生きる」こと

「あいつも、よくわかってた男なんだ」

「何をですか」

「人生が不当だ、ということをさ。常にね。神は正当に報いない、ということだ。今さら言うことでもないがね」

「正義というのは」

「この世にないから、永遠の憧れなんだ。そして、誰かが言ってたじゃないか、もし希望がそっくりそのまま現実になったら、人間は救いようのない状態になるって。やり残されてること、不備なところがあるからこそ、人間は生きて行かれるらしいよ」

「そんなこと、おっしゃっていいんですか」

新平は言い返した。

「あなたは、やはり当事者でないから、つまり、殺されたのは弟さんだから、そんなことをおっしゃっていらっしゃれるんじゃないんですか」

「そうかも知れない」

私は少しも否定しなかった。

「しかしなあ、団は、この世が初めから終りまで、本質的に不備なものでしかあり得ない、ということを知ってたんだ」

「…………」

「不備を不備でなくそうとすると別の不備が出る。一生というのは不備を生きることなんだ。それを団は知っていたんだ。知っていても、普通の人間は自分がその不備を一身に受ける場合になると、それを不当だと言って叫び出すものなんだ。我々の身のまわりにはそういう人間ばかりだろう。私も多分そうだ。それを団はしなかったのさ。だから、かわいそうだった」


――「地を潤すもの」

生涯の目的を果たせたか

「あなたの方が世間をたくさん見て来られていると思うけれど、本当に世間のご夫婦って、そんなに、裏切ったり、裏切られたりしているの？」

こういう質問に、何と言って答えたらいいのか、私はよくわかりません。しかし、私自身の一度の結婚と一度の情事、そのほか、あちこちで耳にする結婚生活というものは、どれも、不純なものだらけでした。私の印象では、むしろ壊れてしまった結婚の当事者の方がすっきりと正直に思えます。芯が腐った果物のようなご夫婦ほど、傍目《はため》には、夫婦らしく見えるというケースさえ、多いのです。私がそう答えますと、

「梅田さん、私はね、主人を裏切ったことがないの。臆病なくらい、そういうチャンスを作らないようにして来たから。なぜって、結婚から信頼をのぞいたら、後には功利と計算しかないじゃない」

何気ない言葉でしたが、この奥さんなら、三十年前には、人妻だと知りつつ、何か言いかけそうになった男たちもいたろう、と私は素直に頷《うなず》けたのでした。それに甘えず、結婚

という制度のもつ厳しい約束事に、自ら縛られた、という奥さんの言葉を、私は快いものに聞いたのでした。

「そんなに、お互いの間に信頼がなくて、じゃあ、いったい、何を目的に夫婦は生きているの？」

またもや、素朴すぎるために、恐ろしいような、重い意味を持つ質問でした。

「他人さまのことはわかりませんですよ」

「あなたの場合でいいの。あなたは、何が望みだったの？」

「息子を大きくしましてね」

私は自分の頭の中を整理しようと努めながら言いました。

「そうですねえ。まあ、とにかく住む家を持たせて……」

「じゃあ、梅田さんは、もう望みを果たしたわけじゃないの」

「いえ、私の老後のことがあります。養老院へ行くだけのお金を貯《た》めませんとね。息子たち夫婦の世話になる気はありませんから」

「それで、生涯の目的は果たせるわけね」

「そうです」

私は、その時の奥さんの沈黙の意味が、痛いほどよくわかりました。たったそれだけのこと、一人の息子を育て、家を建て、養老院へ行く。それが、生涯の目的なのか、と奥さんは言いたかったのでしょう。しかし、文字通り、それだけなのです。それだけだって、女一人、一生かかる大事業です。奥さんも、私もそれを知っていました。だから、その事実が、どれほど悲しかろうと、私たち二人は、その前に、きっと顔を上げて、立ち尽くすほかはなかったのです。

――「残照に立つ」

母は再び女に戻る

ふと私は、あ、私の前半生は終わったのだな、という気がいたしました。これは娘を嫁にやった母でないとわからない気持ちではないかと思います。娘が年ごろになりますまでは、女は、母になり切ってしまうものでございます。自分が着飾るよりは、娘をきれいにしたい、と思うものでございます。しかし娘が結婚してしまいますと、それらの仕事は全部終わって、女は再び、母から女に戻るのではないでしょうか。もはや、そのとき、私たちは決して若くはございません。けれど、知力も（そして多くの場合）経済力も多少若いときよりは恵まれ（もちろんそうでない方もいらっしゃいますが）、ことに当たって、あまり驚いたりすることもございませんし、気働きも、最高に備わっている状態で、改めて、女の人生を生きつくすことができそうに思うのでございます。年をとっても、若い身なりをして、若く見せようというのは愚の骨頂で、四十には四十の、五十には五十の、美しい女らしさというものがございます。それは、若い娘には出せない味なのです。

――「遠ざかる足音」

子供を捨てた罰を自分に課した病床の母

私の知人の女性の一人なのだが、きれいで心温かく、かつ多情な人がいた。夫との間に一子を儲《もう》けたが、まだその子が幼いうちに、夫も子供も捨てて、新しく好きになった男のもとへ走った。妻に捨てられた夫は後に心優しい女性と再婚し、その女性が幼子を育てた。

三十年以上が経って、家も子も捨てた母は、回復の望めない癌《がん》に罹《かか》った。多分彼女の心に浮かぶのは、幼い時に別れて会うこともなかった息子のことだろう。何とかして再会させる方法はないか、と私は考えた。

その時、私の一人の知人が、その役を買って出てくれた。その子が、大学を出てからある役所に勤めていたことを実母は人づてに聞いていたので、その線に沿って探し出せるかもしれない、と彼は言ってくれたのである。

病気の母がまだ意識もあるうちに、その知人はやっと探し当てた息子の住所を、私の手元に届けてくれた。私は病床の母に、

「あなたが、自分で電話する？　それとも私が先にかけておく？」

と尋ねた。

「いいわ、私が自分で電話する」

と彼女は言い、私は電話番号を書いた紙を彼女に渡した。

しかし結局、この母は、ついに自分から息子に連絡を取ることはしなかった。病気になったから、電話をかけたなどということになると、お金か何か助けを求めて連絡を取ったのではないか、と思われるのが嫌だった、と彼女は私に語ったが、それだけのことではなかっただろう。彼女は自分で子供を捨てた罰を自分に課したようにみえた。とにかく母と子の長い沈黙の歴史は終わり、母は何も言わず、息子に会う機会も自ら捨てて、この世を去った。

――「人生の醍醐味」

遺志に従って死後すぐ角膜を提供した私の母

八十三歳で亡くなった私の母は、遺志に従って死後すぐ角膜を提供した。大学病院から大きな冷蔵庫を持ったドクターが来られて、母の両眼を摘出し、きちんと義眼を入れて帰られた。

それからの私たち家族は、不思議な安らかな思いに包まれた。通俗的な言葉で説明するほかはないが、もし現世での行いの結果、極楽と地獄のどちらに行くかが決まるあの世というものがあるとするならば、この角膜を提供したという行為だけでも、母は決して地獄には行かないだろう、という安堵感に包まれたのである。

脳死の段階で臓器をあげたくない人は、断じて断ればいい。しかし私の家族のように、脳死を死と判断して、ぜひ臓器をとことんお使いくださいと望む人間の希望もまた、叶えられてもいいだろうと思うのである。

――「国家の徳」

「死んでもいいから参加したい」良識ある大人の選択

私たちの旅の特徴は、障害者もボランティアたちも、全く同じ料金を払うことだった。その理由は、そのどちらも、共に質の違った特別の幸福を味わえるのだから、つまり同じ料金でいっこうにかまわないという考え方だったのである。

或る年、こうした旅の企画者だった私の所に、旅行社から電話があった。中年の車椅子の女性が、「『死んでもいいから参加したい』と言ってきておられますが、どうしましょう」というのである。私は「ご当人がそうおっしゃってるなら、その通りでいいじゃありませんか」と答えた。ご当人が納得していても、途中で万が一のことでもあると、後で遺族に訴えられたりして困る、というのが日本人社会の最近の共通の用心になっている。しかし私は「その時はその時だ」と思っていた。私が無理に勧めたのでもない。一人の良識ある大人が、よくよく考えて個人の選択をしたのだから、どうして他人がそれを止める理由があるだろう、と私は思ったのである。

――「イエスの実像に迫る」

人生のプラスとマイナス、どちらも必要

多くの人間は凡庸で、神でもなければ悪魔でもありませんから、完全な善人も、完全な悪人もいない。善悪九九パーセントから一パーセントの、いわば極限の間にいて、一〇〇パーセントの善人にも悪人にもなれないのが人間です。pHなら、7という値を境にアルカリ性と酸性を分けるのは理系的な感覚ではあっても、人間というものは善悪はっきり分けられませんからね。ルールの中には収まらない優しさ、恐ろしさ、面白さを抱えた存在であることを見きわめる感受性と勇気が必要です。

人生のあらゆる要素が、その人にとってプラスとマイナス、どちらに作用するかはわかりませんが、どちらも要るものだと私は思います。希望もいるし、絶望もいる。孤独だけでもへたばるから、時には大勢でお酒を飲んでいい気分になる時もいるでしょう。両面があって両方とも要る、ということです。

――「人間の基本」

人のまねをして、人と同じ行動をとる人

流行を追うのは恥ずかしいことです、と私は幼い時から母に言われた。自分というものがない、か、自分が極めて弱いから、人のまねをして、人と同じ行動をとりたがるのだ、と母は言うのである。今年はこういう服が流行です、と言われても、それが似合う人と似合わない人とがある。それを見極めない人になってはいけない、と母は言ったのである。

人は自分がしたいことをする時には、はっきりと自分らしい理由を持たねばならない。人がするから、自分もしたい、というのは、理由にはならない、と母は私に戒めた。

――「人生の原則」

浅ましいほど利己的

ユダヤ人がどうしてこんなにノーベル賞の受賞者が多いかというと、想像力があるからだという。「そうぞう力」と言うと、「どっちのそうぞう力ですか」と聞き返されることもあるが、「想像」と「創造」は不可分のところがある。「想像」する力があるから「創造」的な分野も生まれる。

ユダヤ社会には「償いの日」（ヨム・キプール）と呼ばれる祭りの日があった。ティシユレー月の十日という日がそれである。

そもそも人間は自分の冒した罪に対して非常に繊細であることが望ましいはずだが、最近の多くの日本人は、それと全く反対の感覚を持っている。「何でそんなに罪に対して意識的になる必要があるんですか。いちいち罪だと感じていたら損じゃないですか」という言い方をする人もいる。人間が自分の損得に関して、浅ましいほど利己的なものであることを示す、いい例である。

――「イエスの実像に迫る」

四十過ぎまで働いて専門職がない人

この頃、平等を誇張するために考えられない不公平がある。それはその道のプロであるか、アマチュアのままなのか、ということだ。プロなら、高い報酬を出して当然だ。しかし四十過ぎまで働いていて、「この分野なら、私はかなり知っています」という専門職がない人は、私は怠け者だ、という気がしている。

昔、私の知人が首尾よく希望の銀行に就職した。その時私は、「おめでとう。良かったわね。せっかく銀行にお勤めできたんなら、金融詐欺ができるくらい、よく勉強なさい」とはなはだ不真面目な餞《はなむけ》の言葉を口にした。私とすれば、金融詐欺ができるくらい業務を知っていれば、その知識を銀行業務の安全を守るために使える、という意味だったのである。

――「人生の退き際」

手術の結果、得た奇跡的な視力

私は四十代の終わり頃、中心性網膜炎という視力障害を起こす眼の病気にかかった。資料を読まねばならない小説の連載を三本も抱えていたからだが、この病気は「手形が落ちない社長がかかるストレス病」だと眼科の医師に言われた。普通は片目に出るのに、私は両方の眼が同時に冒されていた。

それでも私はどこかに深刻になれない性格があったのだろう。私は友人数人に電話をかけ、「手形が落ちない社長がかかるような高級な病気になった」と自慢したのである。

網膜炎自体は、環境を変えない限り何度も繰り返し易い病気だと言われたが、私は六本の連載をさっさと中断したので、きれいに治ってしまった。やはり手形の落ちない社長とは境遇が違ったのである。

網膜炎を治すために眼球に直接ステロイドの注射をしたのも適切な治療だったのだと思われるのだが、まだ五十にもならないうちに後極白内障は一挙に進んだ。後極白内障というのは、比較的若年に出る病気で、濁りが網膜に近い眼球の奥で始まるので、外から見ると眼は真っ黒なのに視力は初めから大きく障害を受ける。白内障はどんどん進み、ひどい三重視と、視界が暗くなることとで、私は全く読み書きができなくなった。

当時の私の視力を一番よくあらわしているのが、一九〇〇年以降のモネの作品である。あの澄み透る輝くような光の世界を描き続けたモネが晩年に苦しんだのは、白内障だった。彼が愛したジベルニーの庭からは、風さえも光っていたあの透明な歓喜の色は消え、チョコレート色に濁った輪郭のぼけた不明瞭な世界だけが残った。その頃の彼の作品をアメリカで見た時、私は胸がつぶれそうになった。私だけがモネと同じ苦痛と悲しみを知っているのだから、晩年のモネを書けるような気さえしたのである。

手術の結果、私は数万人に一人という奇跡的な視力を得た。眼鏡はもう不要だった。子供の時から眼鏡をかけている私の顔しか知らない同級生は、気味悪がったくらいだった。

――「人生の原則」

生活の中で、任務が与えられたほうがいい人

夫は日に七回も転んだ日があって、それ以来、歩くのがひどく下手になったが、食事もトイレもすべて自分でする。食べるという本能の前には、人間はかなり無理をしても動けるのかもしれない。だから、できるだけ自分で食事を取ってもらう習慣を続けることだ。優しく食べさせてあげることが、必ずしも親切ではない。

病人にも、老人にも、生活の中で任務が与えられていた方がいい。「お使いに行ってきますから、玄関のベルが鳴ったら、ゆっくりでいいから出てください。ついでにドロボーの番もしてください」と私は言う。すると、「よし、分かった」などと答えている。

——「人生の醍醐味」

尽くすだけの手を尽くした後の爽やかさ

長生きさせなくてもいいよ、と朱門はかねがね言っていたが、彼はこじらせた肺炎で酸素が足りない状態になった。普通民間で使われている酸素吸入器では、一分あたり三リッターからせいぜいで五リッターしか補給できないという。しかし救急車で運ばれたような大病院では、十五リッターの酸素が供給される、と私は後で教えられた。するとてきめんに血中酸素の量はふえる。

それでもいつか最期は来るのだが、そのような医療を与えられた後に訪れる自然な死の後なら、なぜか誰もが穏やかな納得ができるような気がするのである。尽くすだけの手を尽くした後は、受験の失敗にも、芸術作品をコンペに出した後で落選することにも、一種の爽やかさが贈り物として与えられる。それに近い感覚である。

――「夫の後始末」

「お金のかからない娯楽」で楽しく生きる

珍しく銀行で、少し大きな額のお金を下ろした。

私くらいの年になると、いつ死ぬかわからないから忙しいのである。ぼける前に、働いてくれている人に、退職金の一部前払いにもならないようなお礼も渡しておきたい。人間と同じ程度に、うちの古家は始終瓦《かわら》が割れ、軒の塗料ははがれ水道の管も出が悪くなる。あと十年だけ保つようにしてください。そこで私たちが死ねば、あっさり家を壊して、土地をさわやかに再出発させます、と言って修理を頼んでいるが、どこがよくなったかわからないような工事にでもまとまったお金が出ていく。

それでまだ歩ける程度の夫を伴って、ようやく銀行にお金を下ろしに行った。額が大きくなると、自動的に引き落とすのも大変だろう、と思ったからである。

すると果たして、銀行の美人のお嬢さんが「このお金は、何にご使用ですか?」と聞く。そうれ来た。余計なお世話だ。第一、人の生活に踏み込んで、金の使い道を聞くなんて失礼だ、と私ならず、こういう銀行の態度を不愉快に思っている人は周囲に多い。

でも最近私は、不愉快なことを楽しくすることも、一種の「お金のかからない娯楽」と思うことにしているから、かねて考えている通りに答えることにした。

「ええ、好きな男にやることにしたんです。あなたもそうよね。好きな女の人にあげるのよね」

と私は夫の顔を覗《のぞ》き込んだ。家の修理代など、大体同額を出すことにしているから同行したのである。すると普段はボケているとしか思えない夫が、こういう時だけは奇妙に機敏に話を合わせて「そう」と頷《うなず》くのである。


――「人生の醍醐味」

結婚しても旧姓で活躍する女性たち

先般、最高裁が「夫婦同姓」を合憲とする判断を示した。それについて、「残念な結論だ」とする人がいて、私はいまだによくわからない。

この問題については、すでに現実的に私たちは完全な自由を手にしている。夫の姓を名乗ってもいいし、「妻が一人っ子で、その両親が家の名が絶えるのは寂しいというもんですから、僕がそちらを名乗ることにしました」という心優しい男性に会ったこともある。

知人の女性は、渡辺だか鈴木だか、非常に多い姓だった。彼女の名前は詩的で、つまり緑というような名前だった。ところが恋をした男性の名前は、岡か山部か、とにかくその後に緑とつくと、全く絵のようになるものだったのである。

「私、嬉しくて、もう絶対に彼の姓になろうと思いました」

と言うのが彼女の言葉で、私は今もそれを忘れられない。

私は二十三歳の時から小説を書いてきたのだが、私の周囲は自然に広い意味で「文筆業」というべき仕事で働いている人が多かった。女性記者もたくさんいた。彼女たちは結婚してもほとんど名前を変えなかった。会社の人事部には婚姻届けを出しているのだろうが、通称を変えたりはしなかったのである。

「いちいちお知らせするほどのことじゃありませんからね」

と彼女たちもあっさりしたものだった。だから私たちも、呼び方を変えなかった。昔通りに旧姓で呼び続けて、時々何か必要がある時だけ、「そうそう、あの方、結婚して名字変わってたのよね」という按配《あんばい》だった。旧姓のままでも、二人の関係に余計な憶測などしたことはなかった。

――「人生の退き際」

年をとって明るくなる理由

「年とって明るくなるということは、一種の達人だという人がいるけど、僕はこの頃自然だと思うようになって来ましたよ」

「そうですか？　どうして？」

「だって、よくたって、悪くたって、もう長く生きなくていいんだもの。気が軽くなって明るくならざるを得ないね」


――「観月観世」

「手」は人生を物語る

清彦はひゅうひゅうという風のような音で喉《のど》を鳴らしながらも、うとうととまどろんだ。敬子は指先でそっと清彦の乱れた髪を整えてやった。それから無防備に投げ出された彼の手を取ってしみじみとした思いでそれを愛撫《あいぶ》した。

手だけは年齢を偽らないという。清彦の手には網の目のような皺《しわ》が深かった。その手が物語っている年になるまで、まだろくろく信ずべき人生の道さえも見定めていないような清彦であった。彼の手は疲れていた。憐《あわ》れみが敬子の心を鋭く刺すようにしてすぎ、微かな侮蔑《ぶべつ》のにがさがそれを追うように心に拡《ひろ》がった。

それでもなお、敬子は清彦の手を放すことは出来なかった。

――「たまゆら」

8

諦《あきら》めれば人生は気楽

夫の生前の生活を変えない、という選択

彼の死後、私が望んだのは、生活を変えないということだった。死んだ人があの世から現世を見ているとは思わないが、もし見ることがあったら、自分が見馴れていた頃と同じ生活がくりひろげられている方が安心するだろう。

人間はたかだか、百年しか生きない。いや十歳、三十歳、五十歳で人生を終わる人から見ると、百歳は充分に恵まれた長寿を生きたことになる。しかし百歳を生きた人も、初めから百年目を生きていたわけではない。その人は、年を重ねるごとに、今の生活を創り上げて行ったのだ。だから死の直前に見た自分の生活が、歴史に裏うちされて、最もその人にとって見馴れ、安定した光景だろう。

だから私は、夫の生前の生活をそのまま継続することに、少し固執した。「少し固執」という日本語には、不正確さがある。しかしこうした曖昧さが、実は私の本質だった。好みはあるが、何事でも強く言い張ると、力学的に周囲に迷惑をかける。だから、少し言ってみて、ダメなら引っ込める、というのが私のやり方だった。もっとも、私は常に神がい

ることだけは信じていたから、自分の内面を見通している神に、嘘をつくことだけはしたくなかった。神を裏切る時は、「只今《ただいま》から、あなたを裏切ります」と言った方がいい。「変わりませんね」とか「お元気でお過ごしのようで安心しました」と朱門の死後言ってくれる人がいると、私は複雑な思いになった。私は夫がこの世から消えたことに、何一つ傷ついていないように見えたのだろうか。私は見栄っぱりを通すことに成功したのか。それとも、ただ他人より鈍感なのか。

しかし私はできるだけ変わらないことを、朱門のために自分で選んだのである。

——「夫の後始末」

諦《あきら》めれば人生は気楽になる

「守屋さん、何もかもわかっていますわ。あなたも今、後悔とおっしゃったけど、私の心の中も、思い返しても、思い返しても、どうにもならない後悔ばかりですわ。何故《なぜ》あの時、二人があんなにいい子になろうとしたのか、なぜあんなに周囲の理解を求めたがったのか。周囲の人達を皆敵にまわしてしまおうとなぜあの時、はっきり決心つかなかったのか」

ナナの声には、守屋を思わず慄然《りつぜん》とさせるような深い静けさがあった。

「僕には怖《おそ》れなければならない何ものもないんです。もともと僕は何も持っていない。しかしあなたは違った。あなたは僕と結婚することによって失うものばかりだった。僕はそれに耐えられなかったからなんだ」

「よくわかっていますわ。とても言葉ではあなたに対する気持は言い尽せません」

「それなら、問題はないでしょう。今からでも、少しも遅くはない……」

ナナは迫って来る宵闇《よいやみ》の中で顔をあげた。

「もう、お目にかからないつもりでいたの、守屋さん。そうでなければ、今度のことで私の方からあなたに救いを求めに行きましたわ」

流石《さすが》にナナの声がふるえた。

「純粋な愛情なんてものは、もうあなたに対して持った気持だけで充分です。私はそういうものから、もう脱け出したいの。あなたのことさえ諦《あきら》めれば、私は人生に対して気楽になるわ。もうこわいものがないんですもの。何でも出来る。人間にはそういう解放のされ方もあるでしょう。もしあなたと、あの時のまま別れずにいたら、それでも私は解放されたことになったの。けれど不幸にして失敗してしまった。二人の立場とその方法がうまく合わなかったんでしょうね。しかし今度の方法なら、私はひょっとすると却《かえ》って具合よく行くかも知れないような気がするの」


――「夜と風の結婚」

自然に食べなくなれば、それも寿命

私が夫の食べるもののことばかり考えて疲れているのを見た或《あ》る知人が言った。

「そんなに無理しなくたっていいじゃないの。自然な成り行きに任すことにしたんなら、それでいいんじゃないの。自然に食べなくなれば、それも寿命でしょう」

その通りなのである。自然の成り行きに任せることはつまり老衰だが、それが一番自然で、当人にとっても楽な死に方だということは、最近の雑誌や週刊誌にもよく書いてある。そしてこの世に死なない人は、一人もいないのだ。それを知りつつ、そしてまた私たちは、その摂理に従うことを百パーセント承認しつつ、私はなお自然の経過に逆らっていたのである。

たとえ病人であっても、高齢者であっても、食べる食べないは当人の意志の問題である。普通、意志というものは、周囲もそれを尊重して、当人の選択に任せればいいものだ。しかし我が家の九十歳の夫となるともう自分ではできないことが多いから、そうもいかない。


――「夫の後始末」

落花のように、枝からフッと消えてなくなる去り方

人はある日、春の落花《らっか》や秋の落葉《らくよう》のように、そこに在った枝からフッと消えてなくなるような去り方が美しいと思う。しかし人間は植物ではないのだから、その前に同時代を生きた家族や友人たちと心を分け合う時間を十分に過ごすべきだろう。

――「納得して死ぬという人間の務めについて」

人に寄り掛かって歩くほど楽なことはないが……

最近、カンボジアで地雷の処理をしていらっしゃる方にひさしぶりに再会した。

「カンボジアに見えたとき、曽野さんは七十六歳でした」

ということは足を折って二年目だったということだ。二年もたっているのに、私はまだ、肘のところが丸い輪型の構造になっている、杖《つえ》をついていたらしい。

そう言われてはっきりと思い出した。カンボジアに発《た》つ朝まで、私は松葉杖一本にしようか、この手の外科患者用の杖にしようか、深刻に迷っていた記憶がある。

地雷の清掃をした後の地面は、それこそ千差万別の地形だ。ぬかるんでいる所も石ころだらけの地面もある。そばにいる人は、私の危なっかしい歩きぶりを見るに見かねて、手を出してくださる。私はその手にどう応えるかに、実はかなり苦慮したのである。

ほんとうのことを言うと、人に寄り掛かって歩くほど楽なことはない。人間は、いかなる杖も及ばない完璧な歩行の手助けをしてくれる。しかし人生をずっと人に寄り掛かって歩くわけにはいかない。そんなことをされたら、誰でも迷惑だ。さりとて、町中のどこででも示される親切を、「大丈夫です」と振り切り続ける老人もかわいくない。

地雷原の跡である現場で、私はルールを作った。現実にけがをした足首が痛かったり、転びそうになる地形の所だけ、出された手に助けられて歩く。三メートルでも十メートルでも危ない地面を脱したら、その瞬間にお礼を言って一人歩きに戻る。土地と状況が私に歩き方を決め、私はそれに従うことにしたのだ。

そう決めた時から、気が楽になった。地雷原の跡にいた間はよろよろだったが、帰国して数日経《た》ったある日、急に他人が驚くほど、足取りがしっかりした。こうした無茶に近い訓練によって、突然、歩行能力が一挙に上がったことが、その後二度あった。

そのことを、常日頃、言動不真面目な夫に言ったら、「じゃあ、整形外科のリハビリ室の前に、地震原を作りゃいいんだ」と言ったのを今でも覚えている。


――「人は怖くて嘘をつく」

才覚は非常時にこそ生きる

ところで才覚というのは、大変、守備範囲の広いおもしろい言葉です。そして才覚というものは、誰からも教えられない、自分で発見して行くものだというので、私には興味があるのです。

母親が男狂いをし始めると、この頃では子供がじゃまだというので、アパートの一室に閉じこめておくそうですが、そういう時の子供は、実に才覚を働かせて生きるわけです。お菓子やパンを食べ尽したら、生野菜を齧《かじ》り、薬罐《やかん》に汲《く》みおかれた水を飲み尽したら風呂の水を飲む。それが幼児の必死の才覚です。才覚というものは、どちらかというと日常性の中にではなく、変動、非常時に必要なのでしょう。

——「仮の宿」

「もう少し、様子を見ようや」

私は中断されていたアンゼルモ神父との話に還った。

「コルベ神父さまのやることを見ていると、とてもかなわないという気がして、自分がいやになったものです。私はコルベ神父さまより少し早く修練期に入ったのですが……」

アンゼルモ神父は言った。

「そうお思いになった時は、どうなさるのですか」

神父は優しく微笑した。

「まあ、もう少し、様子を見ようや、ということになったのです」

何という人間的な、素直な善意に溢れた言葉だろう。私は温かくみたされて雨の音を聞いていた。


――「奇蹟」

「天使のほほえみ」が「夜叉《やしゃ》の顔」に！

このごろ窓口というところで働く女性の評判があまりよくない。病院、銀行、ものを売るのでなく事務をする窓口を訪れる人の間に、不満が漲《みなぎ》っている。

利用者は恐る恐る口をきいている。私も同じだ。相手はすぐ「それはできません」という拒否理由は述べるが、「何とかしてみましょう」という親切は皆無だからなのである。この否定的な言い方は、末端の役所や霞が関の表現とそっくりである。

じっと観察していると、窓口の女性たちはほとんどが美女である。雇う方も若くて美女がいいと思って採用するのだろう。決まったことを言っていればいい間は、彼女たちは天使の微笑を見せている。しかし少しでもこちらがお願いをしたり、「どうしてそういうことになっているのですか」と質問したりすると、美女の顔からは劇的にほほえみが消えて夜叉《やしゃ》のようなおっかない顔に豹変《ひょうへん》する。そして「それはできません」の路線に戻る。

いろいろ考えてみたら一つ理由がありそうだ。それは彼女たちの日本語能力が極端に低いからなのである。「二番でお待ちください」「これを持っていって会計を済ませてください」というような決まった科白《せりふ》を言っていればいい間は、飛行機の客室乗務員と同じで、溢《あふ》れんばかりの微笑を湛《たた》えている余裕もある。

しかし日常の会話というものは、直《じか》にお互いの人生に切り込むところがある。そこには定型もなく、突発的な話題の飛躍もあり、理解の不足があることも避けられない。

しかしそうした女性たちは、多分上等な日常会話をしていないので、臨機応変な対応などできるわけがない。一人で下宿生活をしていたり、友だちとの交流といえば符丁まじりのメールであったりする。家庭でも家族がテレビを見ながら黙って食べていると、会話など上達しない。語学力の背後に必要なのは人生の理解力だから、喋《しゃべ》ること、つまり話題に内容がない人は、どんなに英語ができてもいい「英語使い」にならないのと同じだ。

自由に自分の思想や趣味や時には泣き言まで言える心の鍛え方があってこそ、初めて条理を尽くして、会話の中で相手を納得させられる。


――「自分の財産」

ある日突然、煩《わずら》わしいと感じる時

くに子は食卓にあるポットのコーヒーをあたためなおし、自分用の、モーニング・カップに入れて、サツキに、

「ちょっと、上で飲んで来るから」

と言うのであった。食堂の掃除にかかるサツキの邪魔をしないという配慮もあったが、実は慾も得もなく、一人になりたいからであった。

「奥さん、コーヒーぐらい、夏ちゃんたちと飲めばいいのに」

サツキはどの程度、察しているのか、気の毒そうに言う。

「いいのよ。起きたては、食欲がなくて……」

くに子は、コーヒーをブラックで飲んだ。結婚したてのくに子は、コーヒーには生クリームと砂糖をたっぷりといれるのが好きであった。しかし次第に、くに子はコーヒーの砂糖が甘ったるくていやになり始めた。美容上の必要からではなかった。くに子は体が根本的に健康なのか、子供を二人生んだ今も、とくに美容食を心がけねばならぬほど太っては

来ない。

だからここ数年間、くに子は、クリームだけを入れたコーヒーを毎朝飲んでいたのである。しかし、この夏頃に、ふと或る朝、くに子はクリームも煩《わずらわ》しい、と思うようになった。するとと突然、ブラックの味がわかるようになった。

部屋に帰って、くに子は夫の使う、大きな皮製の揺り椅子にぐったりと坐った。それから、自分を慰める思いをこめて、大きなカップの濃いコーヒーをすすった。そしてそのコーヒーが、ごく効き目の柔かな麻薬のように、微かに現実を薄めるような操作をしてくれ始めたと感じられる段階まで来ると、くに子はその力を助長するために、煙草を吸った。

——「虚構の家」

妻に対する深いいたわり

「うちのお父さん死んだら、淋しいかな」

姉娘は、美津子にとも、妹にともなく言った。

「淋しくないよ」

妹娘がすかさず答えた。

「あなたたち、何言ってるのよ」

美津子は少しいらいらして言った。

「だって、うちのお父さん、いつもいないんだもの。死んだって同じだよね、考えてみりゃ」

「でも、お金持って来なくなるよ」

姉娘はそれでも少しは父の名誉を挽回《ばんかい》しようとしているらしかった。

「お母さんが働けばいいじゃない」

「お母さんはお父さんほど、稼《かせ》げないよ」

「でも、お母さんは、麻雀で使わないからさ。少しくらい少なくったってお父さんと同じじゃない。お酒も飲まないしさ」

「いい加減に黙りなさい」

ついに美津子はどなった。

「あのね、お母さん、お父さんが今、ここにいないとね、死んだも同様だってこと言ってるのよ」

姉娘は、言い訳にならない弁解をした。

そうだ。もしかしたら、加山毅は最高の夫なのかも知れない、と美津子は自分に言いきかせていた。夫婦はいつかは別れなければならない。いい夫なら、残された妻に、激しい孤独という苦痛を与える。しかし、毎日いない夫は、たとえ死んでも、妻が生きていられないと叫ばねばならぬほどの喪失感を与えはしない。それもまた、夫の、妻に対する深いいたわりかも知れない。


――「夫婦の情景―秋風の中の風鈴」

「相手の人の体臭」に馴れるか

「先生ともう何年も、こうして暮していているみたいね。こんなに落ちついていること、珍しいのよ」

最後の言葉は小声だった。

「ふつうはどうなの？」

「ふつうはね、いらいら、ぎくぎく、びくびくしているの。ことにね、私、鼻が鋭いの。猫みたいなのよ。だから、相手の人の体臭に馴《な》れるまで、とても疲れるの」

「馴れない時はどうする」

「馴れないことはないのよ」

その答えは高木の心を揺さぶった。それはごまかしの少しも感じられない、むしろ毅然《きぜん》とした強さを感じさせた。

――「たまゆら――弥勒」

「花」は亡き人のためではない

私は或《あ》る年、私が働いていた組織の創立者のご命日近くに墓参をする時、我が家に咲くはずの百合を持っていくことにした。大した手数ではない。ただ前年からその日のために計画的に百合の一種「カサブランカ」の大きな球根を植えておいたのである。

しかし墓地の花屋は、それを許さなかった。自分の店で買った花以外を墓地に持ち込むことはできない、というのである。

どこの家にも、墓地で亡き人に向かって、今年、うちではあなたの好きだった花がこんなに咲きました、という報告をしたい場合もあるだろう。それなのに、お金のために、こんな悪弊《あくへい》を作った墓地の管理者たちがいるということだ。

しかし私は、夫が亡くなってみてわかった。花は亡き人のためではなく、残されて生きている家族のためなのである。なぜなら、花は生きていて世話をする人が必要だからだ。

――「夫の後始末」

「疑心暗鬼」に苦しむ時

女子修道院に付属した礼拝堂《チヤペル》は、古めかしい石造りで、うっそうとした木立の間にあり、聖女クララに捧げられていた。聖女クララは、幼時から病弱で、只ひたすらその苦しみを自分の信仰の糧《かて》とした人であった。特別に、どんな偉いことをした訳でもない。只苦しみに耐えたということだけで、神に愛《め》でられた人であった。

そうであろう、苦しみに耐える、と一言に言ってしまえばそれ迄だが、本当は大したことである。間庭夫人は、一度、殆んど麻酔《ますい》のきかないままに手術を受けたことがあった。その時の痛みを思うと、ああいうことに静かに耐えられる人があるとは信じられない。肉体的な痛みではなくとも、間庭夫人にはどうしてもこの世は苦労の連続だという気持が強かった。それを言うと、他人は笑うのである。お金の不自由もなく、御病気でもなく、社長はあんないい方で、それで苦労がおありになる筈はない、という。しかし自分ではそうは思えない。妖怪《ようかい》の妄想《もうそう》でも、当人は本当に髪の毛が逆立つ程、恐怖を感じているのである。

いわば夫人は疑心暗鬼の塊《かたまり》であった。従業員は常に悪意を持っていると思い、ひとが自分にお辞儀をしたり、にこやかに迎えてくれたりするのは、ひとえに間庭が今の地位を保ち、ちゃんとした仕事をしているからだと思う。このように、どこへ行っても夫人は裏を考え、それが苦しくてならない。苦しく思うのは、他人が苦しめるからではなく、自分の中にあるくだらない虚栄心や征服欲や自尊心の故《せい》なのだが、とにかく苦しいのである。

そこへ行くと、夫の間庭は違った。彼は時々、夫人もあきれる程、勇敢にひとを信用し疑わないのであった。夫人はその点でも、女には人間を愛する力などないのではないかと考えていた。

――「夜と風の結婚」

もてる入院患者

私の友人のご主人は、若い時に酔っぱらって家に帰り着き、息も絶え絶えに「ユリコさん、金盥《かなだらい》」と呟《つぶや》いた。吐きそうだったのだろう。

奥さんの名前はカズコである。

「私はカズコですよ。ユリコじゃありませんよ」

と当時は彼女も若かったから腹を立てたが、この逸話は有名になった。皆その話を知って、長いこと笑っていた。

年移り人変わって、そのご主人が最近また入院した。

「奥さんのお名前、何て言うの？」

と或《あ》る日看護師さんたちが聞くと、このご主人はにこにこしながら、「アヤコ」と答えたのである。看護師さんたちの間でも、朗らかでユーモアのある夫人は評判だったから、彼女の名前はカズコで、アヤコではないことは皆知っている。アヤコとはいったいどこの人だろう、ということになって、私たち友人仲間は、「六本木か一の橋あたりじゃないの？」と無責任な推測を楽しんでいる。

看護師さんたちも悪のりして、夫人が現れると「××さん、本妻さんが見えたわよ！」と言うのだそうだ。ところが現在の「彼女」であるはずのアヤコは、いつまで待っても見舞いに来ない薄情者なのである。

こんなことでも、病棟が笑いに包まれて明るくなる。看護師さんたちもよくできた人たちだから、笑い話がよく通じる、と夫人は病院の空気を褒める。しかし一番の理由は、病人が紳士的なことなのである。

人生の最後に仏頂面をしていたら、家で一人で介護をしなければならない、たいていの「本妻」は無愛想になる。しかし、他人に対して無礼でなく、よく感謝をし、明るい顔をしているという徳があると、老いた病人も思いがけなく若い看護師さんたちにもてて、賑《にぎ》やかな入院生活を送れる、という見本のような話だ。

要は心がけ一つなのだろう。人は死ぬまで紳士であり、物腰のきれいな女性であるべきなのだ。


——「自分の財産」

「引っ越し」で相手の性格を見定める

昔私の知人に賢い人がいて、見合いをするなら、大学の先生や勤め先の上司の引っ越しの手伝いに行くのがいい、と言ったことがある。それはまさに至言であった。

それまでのやや古くさい見合いというのは、伯母さんや知人の家で、羊羹《ようかん》やシュークリームのお皿を前にして、初対面の男女がぎこちなく話し合うというものだった。だからシュークリームなど出されると食べにくくて困る、などという話が本気で女性雑誌に載ったりしたのである。上品に食べようとすれば、中のクリームをだらりと落とす。かぶりつけば頬っぺたについてはしたなく見える、などというようなことが、本気で心配の種だったらしい。私だったらどちらも少しも困らない、と思う。そんなくだらないことで相手にマイナスの点をつけるような男は、どうせ大した目利きではないように思えたからである。

そういう場合の話題といえば、男の方から「映画はどんなのがお好きですか」などと聞くだけだ。それに対して「邦画なら何でも」などと答えられれば、それでもう会話は続かない。

　その点、引っ越しの手伝いはすばらしいアイディアであった。黙っていても相手の性格がよくわかる。力があるかないか、見えないところで手を抜くか誠実に働くか、命令をするのが好きな性格かそれとも命令されないと何をしたらいいのかわからない性格か、何でもわかる。どうせ中途でお茶も出るだろうから、その時、気が利くか、大食いか、周囲に気を配る優しい性格かどうかもわかる。引っ越しがいいのは、周囲に比べられる人がたくさんいるからである。

　引っ越しはその日一日だが、結婚は、一生になるか、短期になるかは別として、長い期間同居をするところに意味があるのだ。もっとも私の恩師でもあるカトリックの神父は陽性な方で「ボクは葬式の司会をするのは好きだね。葬式は安定しているから。結婚はその点、すぐ翌日に別れたいなんて言ってくるのもあるから、安心できないんだ」と率直だった。

――「人生の原則」

共に暮らす、ということの意味

私の世代は、昔風の男の特徴とされていた無表情に、手を焼いた覚えがある。そういう男たちは、お茶は女房が持ってくるものと決めていて、礼一つ言わず、家事をしないことが男らしさだと信じていて、実は一人では暮らすことのできない無能力者だった。喜怒哀楽の表現が少なくて、うれしいのか悲しいのか分からない人も多かった。こういう人種と暮らすのは、あまり楽しいとは思えなかった。共に暮らすということは、同時に感情の流露に与《あずか》ることだと、私は思っていたからである。

――「自分の財産」

「死のう」と思った人が「生」に向かうとき

自分の仕事に、意義と使命を感じられない人は本質的に好きになれない。私は好きで小説を書いてきた。それなのに、生涯に数人は、あなたの書いたもので死なずに済みましたと言ってくれる人がいる。どの作家にも、そういう読者が数人数百人はあるはずだ。

しかしその人たちの多くは、別に私の小説にめぐり会わなくても、再生の時に向かっていたのだ、と私は思う。

私は、自分の存在に意義を認めすぎるのも嫌なのである。戦後、実に多くの素人が、自分の好きなコーヒーの入れ方をさらに研究して喫茶店を開いたが、自分が入れたいっぱいのコーヒーで、死のうとさえ思っていた人が、何人も気を取り直して生きた、という形で人を救ったと考えるのも少し困る。人はコーヒーや小説くらいで死から生に向かうのではない。生きる意欲は元々内蔵されているのだ。だれもがその内なる力の存在を信じた方がいい。


——「人は怖くて嘘をつく」

9

幸福と不幸の差

幸福と不幸——どれほどの違いがあるのか

その日、滋子は早朝に眼をさました。冬の夜は、まだ暁の色さえも示してはいなかった。只どことなくその気配だけはあった。滋子は音がしないように気をつけて窓を開けた。身を切るような冷気が流れこんで、滋子は厳しく心がひきしまるのを覚えた。ふと理由もなく、自分が生きて来た三十年の年月のことが思い返された。どちらかといえば、幸福な、恵まれた日日であった。それだけに、今死んでも、別に思い残しはない、という気がした。もし自分が死刑囚であったなら、こうした冬の厳しく清らかな朝に死にたいとも思った。

夜七時。浅草橋の駅まで出迎えていた直樹は、滋子の顔を見ると微笑した。それは心のどこかの傷を意識したように固い、苦しそうな微笑であった。二人は駅前のやかましい喫茶店に入った。中には店のテレビでプロレスを見ようという人がたてこんでいて、隅のほうに坐った二人に注意を払うものはいなかった。ウェイトレスすら、試合のほうに気をとられていた。

「僕は昨日一晩、眠りませんでしたよ」

自嘲するように、直樹はもう一度微笑しながら言った。

「今さら言うことでもないけれど、あなたと会ったということが、もう幸福なことだか、不幸なことだかわからなくなってしまった。僕はどうも、あなたを苦しめることしか出来そうにない」

「そんなことはありませんわ。私は、昨日までの自分は一応死んだものと思っています。これからはまた別の道を歩き出そう、と今朝も思いました」

滋子は、夜のひきあけの清冽《せいれつ》な気配を思い出しながら言いそえた。

「それに幸福とか不幸とかいうものが、私にはよくわかりません。私が経験出来る範囲のものなら、幸福も不幸も大した違いがないような気がして」


――「春の飛行」

生きるには「慎み」が第一

人間を生かしも殺しもしない程の淋《さび》しさというものがあり、生かしも殺しもしない程の貧しさがある。その中で生きるには慎みが第一ということになるのかも知れぬ。諦《あきら》めとは言わず、慎みと言っておきたい。

――「たまゆら」

「ふしあわせ」の配給量

私は、いつも、しあわせが怖かった。しあわせという言葉は、甘く不確かなものだけれど、私は便利なので好んでべたべたに使い、そのしあわせを感じそうになる時は、わざと自分の心に水をかけた。その代わりちょっとしたふしあわせの方は歓迎した。ふしあわせの味だけは辛くてもしみじみ味わうようにした。それは私の強さからではなく、この程度のことですめばいい、という私の卑怯《ひきょう》な取りひきの方法なのだった。そんなふうにして、私は私の一生に与えられたふしあわせの配給量を早く使い切り、しあわせの手持ちの方を小出しにしようとしていた。

――「椅子の中」

母の胎内にいるような安心感

部屋に上って、古いボストンに、思いつくだけの着換と本を入れながら、高木士郎は電車に乗ったものか車で行ったものかまだ迷っていた。士郎は本当は電車が好きだった。あの人臭さの中にいると、学生が好んで使いたがる言葉で言えば、自分も何かに参加しているという好ましい実感がある。士郎は時とすると、相手の靴が磨《みが》いてあるかないかというような些細《ささい》なことにまで感動することがあった。汚れた泥まみれの靴、埃《ほこり》をかぶった靴、何年間も磨きこまれた靴、どれもそれなりに、恐ろしいほど雄弁で正直だった。

しかし、心が衰えたとき、高木士郎が、いつも一番欲するのは一人になることだった。そしてそのためには、この古びてべこべこになった銹《さび》だらけの罐《かん》づめのような自動車の中に、身をかがめていることが、母の胎内にいるような安心感を与えた。

――「たまゆら――弥勒」

夢はいつか覚める

悲しみや喜びが、気温や天気の晴れ具合や、そんな他愛のないもので左右されるのだったら、どんなにいいだろう、と流子《りゅうこ》は思うのだった。流子はむしろ、自分の心を確かなものと思いたくなかった。自分がこうして生きていることは、一場の夢だと思いたかった。夢であれば、いつかは覚めるだろう。覚めた時、流子には別の人生がひらけるのだ。

――「途上」

心に悪魔を感じる時

涙がふと尽きた時、彼女は心に悪魔を感じた。これで、本当に、自分は大山という男から解放されたのだ。

正子は立ち上って、自分の持っている和服の中で最も地味なものを選んで着かえ始めた。それは茄子紺《なすこん》地に黒い水玉のとんでいるものだった。帯は黒ずんだ緑の無地のをしめることにした。

着終って鏡の前に立った時、正子はそこに、驚くほど若い一人の女が泣き疲れた後の、洗われたような表情を泛《うか》べているのを見た。着物の地味な色合いが、却《かえ》って若さを裏側からじっとりとにじませているようだった。

それが自分であった。大山は死んでも、自分の人生が終ったのではない。自分はここに確かに若く美しいままで生き残ったのだ。女給に出たばかりの、あの青い田舎娘《いなかむすめ》のような自分とは、確かに別人のような表情である。

ここ迄に一人の女を美しくしたのは、確かに大山であった。正子は、自分が男たちによって作られた人工的な女であることを信じた。自分を囲《かこ》った大山、そして大山に囲われてから却《かえ》って、それまでよりもちょくちょく小さな浮気をしたのである。その度に女は目に見えて美しくなる。その美しさを又、一番享受したのも大山であった。しかしもうこれからは、好きになった男によって、その男のために自分は美しくなっていられる……。

――「夜と風の結婚」

人間の見事さと自由さと冷酷さ

「片貝さん、あなたの前夫人、熊楚御堂潔子さんがどんな生活をしていたか、あなたは御存じないだろう。彼女はあなたとの生活を五年間、我慢しつづけた後、反動的に人生をまともに暮すことをなげてしまった。僕がみたのは、女乞食のようななりをして、気狂いだと思われて、青梅線にある、かつての熊楚御堂家の別荘に犬と一緒に住んでいる潔子夫人だった。

今日こそ、彼女は何年ぶりかで髪をとかしてまともな着物を着ています。僕がすすめたからです。しかし、ついこないだまで、彼女はどうみても乞食か浮浪者だった」

「道理で、僕と一緒にきちんとした生活をするのが辛かった筈だね。それは多分この女《ひと》の本性なんだろう。それより君」

片貝は突然、固いいびつな笑い顔をみせた。

「あんたたち二人は、もう大分深い関係にいるらしいけど、別に気にすることはないんだよ」

「片貝さん、僕はあなたなんか、これっぱかりも気にかけちゃいませんよ。僕たちは、もう子供じゃない。あなたが何と思おうが、全くかまいません。しかし正直なところ、僕はあなたの前夫人に惚れた。結婚したいとかなんとかいう俗っぽい惚れ方じゃない。僕は彼女の人間の見事さと自由さと冷酷さに惚れたんです。あなたを含めた他人の眼だけを意識して暮した五年間の埋め合わせに、彼女は全く自分以外の誰も念頭におかず、したいようにして生きた。そうです。或る日僕はこの人と一緒に寝たことがある。それはこの人が僕を愛したためでもない。僕はその時のことを後になって考えて、お茶でものむように二人はあの晩をすごした、と思いました。この人にとって、そういう関係すらもお茶をのむのと全く同じことになっている。その見事さに僕はうたれた。そして、片貝さん、このひとりの婦人をこれだけ常識や習慣から完全に解放したのはあなたのお手柄だと僕は皮肉に思った。この人が髪もくしけずらず、洗濯もせず、ぼろをひきずりながら、自分だけで生きるまでに追いやったのは、あなたとの形式的な結婚生活がどんなに、この人にとって心理的な圧迫だったかを物語るものだ、と思ったんです」

——「女神出奔」

食べなくなって死ぬのが自然

動物園で飼育されているゾウやキリンは、年老いると、ある年のある季節から自然に食べなくなり、その状態が続くと、老衰という最も自然な帰結を伴って死ぬ。誰もが納得するのである。しかし最近の人間は、そうなると入院し、胃瘻《いろう》だの点滴だのといろいろ手を加え、数日どころか、数週間、数か月も、場合によっては延命できると思う。しかし……もちろんこのような医学的なことは医師の指導に任せるべきだが……私は、食べなくなって死ぬ人間が、一番動物として自然な終焉《しゅうえん》のように感じられてならない。

――「納得して死ぬという人間の務めについて」

給食時、子供の「頂きます」は不要という母親

ごく最近の日本では、給食の時、子供が「頂きます」という必要はない、と主張した愚かな母親がいた。給食代を支払っている以上、お礼を言うことはない、という発想であった。金があれば、給食が滞りなく食べられるのではない。給食という制度が支障なく行なわれるのは、あらゆる関係者の心が一致しているからだし、日本という国が、経済的にも制度上も道徳のレベルも一応基本ができていて、バランスのいい食材が常に供給されるという先進国型の組織をあらゆる面で可能にしているからである。

現代でも途上国が仮に学校給食制度を採り入れたいとしても、金もなく、食材もなく、それを輸送する方法もなく、時には燃料もなく、衛生的な調理の場所もなく、調理人たちに必要な知識もない、というケースが多くなるだろう。

——「イエスの実像に迫る」

大きな変化は心と体に悪い

朱門の死の直後、私も人並みに、私たちの生活を切り詰めることを考えた。そうすることが世間の常識に合っていることも知っていた。しかし一方で私は、「生活はそれまで通り」が一番いいという感覚を変えられなかった。一人の人間の生活が、急に変化するというのは、どう考えてもあまり幸せなこととは考えられない。

博打で大当たりをする。一家の主人が、大臣に任命される。社長になる。親が死んで、その財産を相続する。

どれも運は明るい方に向いて来たようにも見えるが、私はそうも思えなかった。急激な変化は、人間の体にも精神にもよくない。

とにかく私たちの体も心も、突然の大きな変化に耐えるほど頑丈ではないだろう。私はあまり大きな病気はしなかったし、世界の「難民」並みの社会の変化なら、それこそ人並みに耐えられるだろうと思っていた。

他人が体験する程度の生活の変化なら、人間は耐えられる。というか、その変化に納得せざるをえない。それどころか、台所を少し改築したり、隙間ができかけていたガラス戸をエアータイトの最新式のものに換えたりすれば、それだけでもむしろ我々はこれで生活の質を上げられたとさえ感じられる。しかしたとえ今まで住んでいた家からみると、豪邸に入ったと感じられる場合でさえ、大きな変化は心と体に悪い場合の方が多いのだ。

人でも物でも、それが存在することに馴《な》れるには一定の時間がかかる。馴れるというほど意識的なものではないかもしれない。しかし長年茶の間にあった茶箪笥《ちゃだんす》を捨ててしまった跡に、その部分だけ日焼けしていない青い畳の色が目立ったりすると、人間は不思議と動物的に落ち着かなくなる。少なくとも私はその手の人間だ。そして幸福というものは、安定と不変に尽きる、という気分にさえなるのである。

しかし人生では、この二つが最も維持するのに難しいものなのだ。

――「納得して死ぬという人間の務めについて」

「自分は愛されたことがあっただろうか」

女が四十を過ぎ、或る日、ふと鏡を見て、自分が衰えた中年女になっているのに気づく。自分は何をして来たろう。誰でもがするように、子供を育てた。しかし息子たちはそのことに感謝している様子もないし、しかもそのようなことは、地球上の何億という女たちのやって来たことだ。自分は愛されたことがあったのだろうか。佐知男と真紀子は見合結婚である。婿の方にしてみれば、決して「愛して」いないわけではなかろうが、真紀子にしてみれば、結婚するまでに、何ら心を締めつけられるような劇的な出会いの思い出があったというわけでもない。四十を過ぎると、女たちは焦り出す。自分が他人とは違って、誰かに深く想われたという確証を得ようとして、うろつき始める。他のことになら、驚くべき計算高さを発揮する女たちが、そのことになると、全く冷静さを欠くようになる。自分を少しでも女として扱ってくれる男なら、誰でもいいのである。

――「夫婦の情景―鮭の上る川」

虚栄心が強いか、嘘つきか

「帰れといわれなくても間もなく帰ります。只あなたと離婚する時でさえ何も申しあげなかったことだけ言わせて頂きます。私はひとりの女が、ひとりの男にそれほどに尽す空しさにほとほと愛想がつきました。それでもなお、あなたが本当に人格的に立派な方なら、女というものは自分をすてて尽すものでございます。けれど片貝礼一郎の妻でいさせて頂くために、それほど沢山のおろかしいことに黙って耐えるのは、私自身が虚栄心が強いか、或いは非常に嘘つきだったということがわかりました」

片貝は微笑しながらタバコを吸っていた。

「そこまでの心境に達したのは、ひとえにあなたのおかげでございます。お礼を申しあげます」

「どう致しまして」

片貝は言った。

――「女神出奔」

時として襲いくる「漠然とした悲しみ」

本当にショッテいる訳ではないが、つき合った女の子という女の子が、みんな自分に好意を持ったということは恐るべきことであった。好かれて嬉しいのは、初めだけのことである。終りにはあきれて、自分も相手も、哀れにさえなって来る。しかもその愛情というのは狩猟の情熱のような、落ちつきなくもの騒がしいものが多い。耀子と結婚しようと思ったのは、自分が、そうした愛というものの騒がしさに疲れて来たからに違いない。

小林氏に客が来て、耀子と二人だけになると、さすがに寛はほっとしたが、それでも一、二時間すると、夕飯までいらっしゃい、と引きとめる耀子をふり切って、寛は小林家を出た。

少年の頃、しきりに寛の胸を襲ってやまなかった或る悲しみのようなものが、また思い出したように彼の胸をしめつけていた。それは涙などは丸っきり無縁の、対象のない漠然とした悲しみであった。それは生きていること自体に対する悲しみのようでもあり、この地球上にうごめいて、愛したり憎んだり苦しんだりしているはかない人間の宿命に対する悲しみのようでもあった。いや強いて言えば、今、寛は耀子の存在を思うとむしろ幸福であった。それなのに、その幸福と少しもまじらずに、例の漠然とした不幸な思いは確実にあった。

彼は小林家を出ると、家へは帰らずに、小岩に住んでいる中学時代の友達のところへ遊びに行くことを思い立った。秋葉原のりかえで行けば、一時間もかからずに行ける。その男は、家業の建具屋の跡とりでありながら、競馬や競輪にばかり通いつめて、家族のものからもてあまされていた。しかし寛は不思議に、その男と話し合うと心が休まるのであった。まともなことは何ひとつ出来ない。しかし、人生の悲しみと人の心の弱点についてだけは底の底まで知っている人間のやさしさというものを、その男は身を以て示しているようなところがあった。

――「春の飛行」

悲しみの代償

あの日、「新月」で鶴子が帰ってしまってから清彦がのみ始めた時、敬子は冷えた蒲焼《かばやき》の皿に手をつけてみて、鰻の皮がひどく固くなっているのに気がついた。ナイフでも借りない限り、とうてい箸《はし》で千切れるものではない。鰻はやや大串《おおぐし》であった。そのためなのか、調理法が違うのか、或《ある》いは鰻自身が場違いものでもあるのか。皮は残して、身のところだけむしってこっそり口へ運びながら、本当に妻のことも、毒薬のことも、一切を忘れたように、最後の夜を楽しそうに幸子に話しかけている清彦の様子に比べて、冷え残った鰻の皮が、幸子や鶴子の悲しみや不愉快さの代償のように思われてならなかったものであった。

――「たまゆら」

平凡な、どんな生活者にも許される夢とは

家族を亡くした人は、今でも朝起きぬけに、自分一人だけが生き残って、家族全員が亡くなったということは、夢であったと思うだろう。はっきり目覚めて見れば、もと通り懐かしい家族の顔が揃うのであって、どうしてこんな長い悪夢を見続けたんだろう、と自分に言う場面が、私ならありそうな気がする。

しかし現実は、必ず過酷な面を持っている。失った家族はもはや帰ってこない。来世での再会が待ち焦《こ》がれる所以《ゆえん》である。そして生き残った者は、何より目的の喪失に苦しむ。この子を大学にやり、この娘を結婚させて、夫と二人の旅行を楽しむようなおだやかな老後を夢見た。この程度の夢は、決して無謀な高望みではなく、平凡などんな生活者にも許される程度のものだったからである。しかしそれが叶わなくなったのが、誰の責任とも言えない現実であった。

――「揺れる大地に立って」

出典著作一覧（順不同）

小説・フィクション

「夫婦の情景」（新潮文庫）
「遠ざかる足音」（文春文庫）
「女神出奔」（中公文庫）
「夜と風の結婚」（文春文庫）
「いま日は海に」（講談社文庫）
「春の飛行」（文春文庫）
「椅子の中」（扶桑社文庫）
「観月観世　或る世紀末の物語」（集英社文庫）
「仮の宿」（ＰＨＰ文庫）
「切りとられた時間」（中公文庫）
「たまゆら」（新潮文庫）
「残照に立つ」（文春文庫）
「奇蹟」（文春文庫）
「虚構の家」（小学館）
「地を潤すもの」（小学館）
「途上」（東都書房）

エッセイ・ノンフィクション

「夫の後始末」（講談社）
「揺れる大地に立って」（扶桑社）
「納得して死ぬという人間の務めについて」（KADOKAWA）
「人間にとって病いとは何か」（幻冬舎新書）
「幸せは弱さにある」（イースト新書）
「人間の愚かさについて」（新潮新書）
「人生の退き際」（小学館新書）
「人生の持ち時間」（新潮新書）
「人間の基本」（新潮新書）
「人生の原則」（河出書房新社）
「自分の財産」（扶桑社新書）
「人は怖くて嘘をつく」（扶桑社新書）
「国家の徳」（扶桑社新書）
「思い通りにいかないから人生は面白い」（三笠書房）
「人は皆、土に還る」（祥伝社）
「イエスの実像に迫る」（海竜社）
「私の漂流記」（河出書房新社）
「人生の醍醐味」（扶桑社）

曽野綾子（その あやこ）
1931年9月、東京生まれ。聖心女子大学卒。幼少時より、カトリック教育を受ける。1953年、作家三浦朱門氏と結婚。小説『燃えさかる薪』『無名碑』『神の汚れた手』『極北の光』『哀歌』『二月三十日』、エッセイ『自分の始末』『自分の財産』『揺れる大地に立って』『親の計らい』『人生の醍醐味』（小社刊）『老いの才覚』『人間の基本』『人間にとって成熟とは何か』『人間の愚かさについて』など著書多数。

本書は、2018年9月に刊行された『人生の疲れについて』を新書化したものです。

デザイン：鳴田小夜子（KOGUMA OFFICE）
写真：毎日新聞社／アフロ
1959年11月1日 著者

扶桑社新書 431

人生の疲れについて

発行日 2022年5月1日　初版第1刷発行

著　　者………曽野綾子
発 行 者………久保田 榮一
発 行 所………株式会社 扶桑社
〒105-8070
東京都港区芝浦1-1-1 浜松町ビルディング
電話 03-6368-8870（編集）
03-6368-8891（郵便室）
www.fusosha.co.jp

DTP制作………株式会社 Office SASAI
印刷・製本………中央精版印刷 株式会社

Printed in Japan　ISBN 978-4-594-09165-1